讀詩 安心明智

江紹倫 著

謹以此書紀念藍真先生，他一生努力
做好出版事業，弘揚中華文化。
更感謝他幫我在「文革」後推動
中國的高校復興，促進改革開放。

目　錄

前　言

　　本書的二十八篇文章寫我讀古詩的心得和快樂，呈給讀者共同分享。

　　詩是心聲，亦是智慧的表述。智慧不等同知識或訊息。它是人類在求生求知及心靈安頓的過程中積澱而成的行止方法和習慣，世代相傳，成為人之為人的高貴特性。

　　這些文章曾與香港開始興教通識教育相關，說明後者的實質。1990年，嶺南學院的陳佐舜院長前往加拿大多倫多大學邀我回港協助學院向政府申請成為大學，以通識教育為特點。

　　我當時是多倫多大學的優卓教授，兼任安大略省多元文化協會的主席，心想能夠為香港做點工作，很有意

義，答應了他。

在香港，政府派定的「審查委員會」由十三位國際資深教授組成，全是通透人文學科、科學、哲學和美學的著名學者，任教於英、美、法、德的著名大學。

按照規定，學院必須提交文件，詳說用甚麼方法和教材培養學生成為有高尚人格和學識的「才人」（able person）。學問包括專業知識和技藝，中華文化與世界文化的互動，以及在「第三波社會革命」的現實中進行廣面的終身學習，知所取捨，圓滿人生。

1992年秋，委員會兩次到校進行實地考查。每次約五小時，在校與講師們吃晚飯，便利個別交談。

我指出中華文化以心（heart and mind）為本，在天地人和的信念中體認人具有獨立自主和高貴人格的權能，潛力無限。

中國漢字十分獨特，在大約六千個日常用字中有七百多個字貼上心字的部首。就是說，中國人從古到今，不分時地，都用貼心的文字表意。我們不論自我思維，或者與人溝通，所涉及的文字都緊扣着心這個不易理解的東西。我們用漢字作詩和吟詩，為的盡是表心和通心，其意其美廣闊致遠，緊貼心靈，使人怡泰安樂。

我安排學生用五種不同的方言朗誦兩首內容相同的詩詞，讓各委員聽到中國話的多元音調。我更用影像

介紹香港的高山大海，旭日晚霞，紅岩峭壁，濕地的候鳥往來，季節性的颱風暴雨，和漁塘的蛙鳴，說明香港學生可以親近宏偉的大自然母親，欣賞詩詞對母親的讚美。中華文明認天地為人的父母，所以香港學生相親如兄弟姊妹。這種自然相親的觀念不見於西方社會。

委員會在第二次考查中稱讚我們的通識教育特色，欣賞我們用中華文化和傳統習俗教導學生怎樣學習做人，着重認識漢文和古詩的魅力。他們認同我對中西文化的比較，凸出儒、道、釋的和合智慧，教學生在今天「一個世界」的格局中，堅持「求同存異」和「修己以敬」的教訓，連同世界各民族一同建造一個「可持續發展」的和諧安康世界。如是，委員會的考查在融洽的氣氛中結束，批准我們晉升為嶺南大學，發揮通識教育的教學特色。

歲月悠悠，上述的經驗已是距今二十八年前的舊事。如今，香港人經歷着反復的暴力和破壞公物的行動。香港大眾深感徬徨、迷惘、痛心和失望。有人在檢討歷史中指責教育失敗，甚至直指通識教育害了青年。這與事實不相符，只是指責不識通識教育的真義和內涵。

實在，每一個人的生長發展都受到眾多因素和人的影響或塑造，學校只是其中一環。教師和父母都銳意

要把小孩教養成人成才。不過，十分遺憾，當人類進入「後現代時期」，人的狀況（human condition）急速變化。個體在社會動力的巨變中再不容易獨立主宰生命。沒有主宰權能即是沒有自由和生命創造。

從二十世紀下半開始，有十數位未來學家和社會心理學家發表了約五十本專著，詳述人類怎樣不斷創造新經濟、人工智能、自動化、即時通訊、信息超載、虛擬現象、集體權益和集體行動，每一項創造都在剝奪人的意志、幻想、寄盼和崇高理想。像智能手機、雲中信息送存等新科技的普及，正在給人類加上兩方面的活動。第一，它使多數人無時不依賴手機和電腦的運作，好像患上了毒癮，無法放下。第二，人們花費過多的時間「上網」活動，自然不夠時間和精神處理生活和工作的基本任務，造成情緒壓力，如擔心、焦慮、憂愁、煩惱、受難、放任、破壞、憤怒、激情、恐懼和困擾等，全部使個體覺得無奈，痛苦人生。近三年來，Covid-19疫情打擊，人們更加驚慌和痛苦。

德國精神病理學家佛洛伊德（Sigmund Freud）指出，人是為着追求幸福而生的，包括安心和高貴。痛苦則阻礙幸福。可幸，誰要免除痛苦，可以運用「興趣轉移法」引導自己忘記悲傷，豐富生命的積極享受，例如作詩或讀詩。

　　另一位評論社會和教育發展並提供改善建議的資深學者是薄斯特曼（Neil　Postman）教授。他在紐約大學研究文化與傳訊，寫了十本暢銷書。他提出，「入學校讀書的最大效益是怎樣創造生命（make　a　life），而不是怎樣謀生（make　a　living）。」他引用英國詩人雪萊的詩說明：「詩歌最能培養愛、仁慈、溫和，及美善，推動道德前進……。進步是人心使然，非智力使然。」

　　實在，教育的功能在培養自信和希望，對個人如是，對社會亦然。自信促使人們創造和與他人合作建造崇高價值，希望引領人們不斷奮鬥，邁入高貴的生命境地。

　　我於香港主權回歸祖國前夕在嶺南學院任職三年，為教學寫了七本通識叢書，發給三四年級的本科生閱讀，包括《安全感的建造》、《知識的動力》、《幸福的哲學》、《跨時空的文學漫步》和《大學為何》等。我每次上課都給學生派發講義紀要，本書的文章便是其中的一部份。

　　近三十年間，我用英文翻譯中國詩詞盈六百首，同時用散文闡述中國詩詞意境的審美方法，以及中國智慧在世界文明中的崇高地位。

　　我如今整理舊作成書獻給讀者，旨在按照當前的「時況」和「時需」，邀讀者攜手連心，探求同屬我們的

璀璨文化瑰寶，借用片刻閒情，索求心靈安頓和快樂。

　　這本書不是有嚴格系統的文學論說，只是閒情讀物。所以，最好的閱讀方法是隨意而行，揭開書頁覺得「可讀」，便靜心欣賞其智其趣，苟若產生和鳴，即安心矣。

　　何人適宜讀本書呢？答案是讀書在心，巢居在每個人的胸中。我想，讀者可能是中學生或大學教授，可能是愛惜兒童的父母或教師，可能是敬重祖先文化的中國人或外國人。不論是誰，方法重在閒心細讀，品味每一行詩的意蘊和文字妙着，神入詩人的生命意境和心聲。

　　我衷心期盼獲得讀者的和鳴，推動安心和感恩。

江紹倫

2023年5月

於九龍京士柏山下

小學生讀正氣歌

歷史變遷

歷史是一個民族或群體的經驗與憧憬，又返過來映照時代的功過得失。蘇軾身歷宋朝的矛盾與豐盛，在遊湖北古戰場赤壁時綜橫看歷史，發出智深情切的感慨：

> 逝者如斯　而未嘗往
> 盈虛者如彼　而卒莫消長也
> 蓋將自其變者而觀之　則天地曾不能以一瞬
> 自其不變者而觀之　則物與我皆無盡也

宋朝二百七十多年的延綿政權終於被劃上句號，由一位廣受敬仰的詩人主禮。他就是文天祥。

文天祥（1236–1283）生於江西的吉安。他父親「蓄書如山，經史子集皆手自標序」。在這樣環境的薰陶之下，他二十一歲應試，在六百多人進士及第的皇榜中名列第一。

丞相落難

1275年，蒙古軍渡江南攻，南宋政權危在旦夕，文天祥被任命為右丞相兼樞密使，奉命出使紓解國難，不幸被敵人扣留了。他於押解去北方的途中逃脫，到閩贛邊境重組軍隊

抗敵，稍有轉機。然而，元人調動重兵，由主將張弘範指揮海陸兩路進擊廣東。

1277年冬，文天祥退移到海豐，又被元軍騎兵俘虜。這時，大臣張世傑等奉帶年僅八歲的皇帝趙昺在廣東崖山設立行朝。張弘範命文天祥寫信向宋帝招降，他毅然拒絕了，在獄中執筆行雲流水，寫成這首被國人千年高唱的七律《過伶丁洋》，表明他自己的節志：

> 辛苦遭逢起一經　干戈寥落四周星
> 山河破碎風拋絮　身世飄搖雨打萍
> 惶恐灘頭說惶恐　零丁洋裡嘆零丁
> 人生自古誰無死　留取丹心照汗青

這首詩縱橫概述一個皇朝的晚景和個人的遭遇，用了五十六個字便說清了事實，而且申表了中華文化中高尚人格的光明磊落，正視強權或危險而不屈。

首兩聯陳說國家連年陷戰，造成山河破碎、身世飄搖的惡果。

中句寫實情實景，對仗工穩巧合，烘染了抒情氣氛，美極了。惶恐灘在江西贛江，文天祥曾經在那裡被元軍擊敗，惶恐中逃退福建汀洲。零丁洋在廣東中山縣南面，即如今架建起跨海長橋連接香港的海域。文天祥受俘後，被元軍押着隨船去追擊宋帝昺，經過當地。事情是那麼湊巧，詩人的兩次險惡遭遇的所在地名和心境恰好相合，在他筆下構成天衣無縫的美麗詩句。

壯烈就義

至此，文天祥的感情湧上高潮，引生了尾聯：「人生自古誰無死，留取丹心照汗青。」這沉重又壯烈呼聲發自肺腑，詩人的民族正氣把敵人的威迫化為烏有。

　　《過零丁洋》被人千古傳誦，連小學生也記住它為《正氣歌》。它慷慨悲壯，呈現了詩人的愛國情懷和忠於自己與國家民族的高尚人格，動人心絃。一首詩竟然能夠如此正氣凜然地給一個皇朝印記了句號，可見藝術威力之大。

香港歷史

　　對於我們香港人來說，宋朝歷史的發展催生了我們祖宗的南遷，讓中國的版圖伸向完美。宋帝昺最後跳海而死，九龍城的宋皇臺給他立碑，隔海蛇口的墓地每年由趙姓子孫拜祭如儀。在新界，文天祥的宗親族人傳承了他的血統和義節，把文化薪火傳到英國和世界各地。

　　這樣，我們的教師今後教學生唸《正氣歌》，就不再要求後者像鸚鵡一樣重複憶誦，而是本着通識教育的深義，揉合民族歷史和本地史蹟，教學生欣賞自己文化根源的幽深偉大。

屈原是名家

古詩傳承

三千多年前楚國的詩歌已經十分發達，包括祭祀用的巫歌和民間唱的情歌。它們的語言確切而綺麗。當時的一些哲學和科學著作，都以韻文形式書寫，如《老子》、《莊子》和帛書《相馬經》等。在北方，《墨子》、《孟子》和《韓非子》則以散文見世。

據說，孔子有一天在楚國偶然聽到一個小孩唱着：

《孟子 · 離婁》

滄浪之水清兮　可以濯吾纓
滄浪之水濁兮　可以濯吾足

原來，這首歌亦出現在屈原的《漁父》，記述他遇見的高人對他的勸說。

孔子對他兒子說：「不學詩，無以言。」（《論語 · 季氏》）說明誰人不學習詩歌，必然言語不夠清麗流暢，而且意義也不高深優雅。他對兒子說的是《詩經》，是當時所有立志當外交家的青年都一定熟讀的課本。

世界文化名人

屈原兩次出使齊國，運用歷史典故和雄辯口才取得成

功。當時的齊國文化進步，文學豐富成熟，從楚國到境的使節如果缺乏高深的文化素養，很難進行思想交流。我們今天從屈騷可以看出，屈原不但繼承了《詩經》的寫作技巧和方法，而且吸收了該書的不少句式。

屈原的《離騷》對中國文學影響巨大，不僅因為它語言精美，技巧高超，而且因為它意想豐富浪漫，對人的心靈寫照真實而深刻。文學史家判定，屈騷是五言詩的來源之一，而駢體文的形成亦受着楚辭的影響。所以，大家公認，屈原是中國詩、文、賦的祖宗。而楚辭也結束了中國詩歌集體創作的傳統，由屈原開創了個人創作的先河。

1953年，世界和平理事會舉辦特別活動，紀念世界四大文化名人，其中之一就是屈原。以後，屈原的著作被翻譯成多國文字，包括日、英、法、德、俄、匈牙利和保加利亞。而「楚辭學」亦隨之登上世界學術平台。

仙女傳書

屈原生長在長江三峽那香溪山水、人傑地靈的地方，他的抒情長詩《離騷》的頭四句便說明他父親的名字和他自己的生日。但是，我們不知他的童年和少年景況，因為沒有可靠的資料說明。

相傳，少年屈原到樂平里讀書，每天早出晚歸，他母親和姐姐問他理由，他總報以微笑。原來學校附近有一個天然小洞，洞壁有浮雕呈現各種自然生物，洞頂滴下岩漿，發出玉磬般的音樂，悠揚婉轉，全洞和鳴，十分好聽。屈原喜歡留連洞中，偷讀老師不許的《巫風》和《喪歌》等野書，琅琅上口。

一天，屈原在山洞讀書久了，感到疲倦欲睡。他恍惚見到一位仙女飄悠到來，手中捧着滿懷書簡，金火光彩。他接着看了，正是自己求之不得的《楚聲》、《花謠》和《漁

夫歌》。他驚問怎麼天上也有這些民歌，仙女答說：「真詩民間天下有」，就驟然消失了。屈原猛然醒覺，洞中景物依舊，哪有甚麼仙女或書簡？

屈原從此喜愛接觸鄉間的樵夫漁翁和蠶女等凡人，聽他們的歌，並反復吟誦和整理各式各樣的詩句，一面跟老師天天讀書。

壯士國魂

後來，屈原一面當官治國，一面創作，在五六十年間，給我們遺下豐盛不朽的詩辭，包括《離騷》、《九歌》、《天問》、《九章》、《遠遊》、《卜居》、《漁父》和《招魂》等。這些作品一方面言明他的崇高人格和志向，他愛國愛君的忠貞，他的學問渴求，他的道德執着。另一方面，它們又反映出他的文化素養，他的文學心理積澱，以及他一生所追求不到的理想。

在我國眾多的詩人當中，恐怕只有屈原被人民普遍紀念，甚至當神明來拜祭。一來因為他高風亮節，二來因為他代表了中國魂和美德。他身居矛盾而執着大正，他憂患而樂觀，他矢志不渝地勇對自己。

博學多才的沈約（441–513）評價屈原，說他「英辭潤金石，高義薄雲天」。宋朝大文豪蘇東坡十分欽佩他，作《屈原塔》表達了他的崇敬之情。詩曰：

> 楚人悲屈原　　千載意未歇
> 精神飄何處　　父老空哽咽
> 　……
> 遺風成競渡　　哀叫楚山裂
> 屈原古壯士　　就死意甚烈

詩人悲風

　　我們在下面試述和欣賞屈原人生的最後一些片斷寫照，由他發自內心的詩章訴說。

　　那一年秋天，屈原從陵陽出發去南方。他端坐在舟中，憂心忡忡，借詩舒愁，寫下《悲回風》，開啟了日後文人用哀秋形容國事和人事患難的文學傳統。

　　這首詩一開始便像佈景一樣，用詩人身邊的情景表達他的心境：悲風搖落了芬芳的蕙草，像我傷痛的心結，芳草纖弱而損隕，風有先倡的微音。原詩云：

　　　　悲回風之搖蕙兮　心冤結而內傷
　　　　物有微而隕性兮　聲有隱而先倡

　　隱聲在說些甚麼呢？詩人借周圍的草木和動物說明心迹，以彭咸的先賢為榜樣。雖然在大自然中物以類聚，但是有靈有志的人卻不一定要跟隨群體的意欲的。詩云：

　　　　夫何彭咸之造思兮　暨志介而不忘
　　　　萬變其情豈可蓋兮　孰虛偽之可長

　　接着，屈原用三十二行詩句，描劃自己的心理矛盾和掙扎，盡情渲泄他那壓抑不住的悲憤與絕望。他曾想像自己的靈魂離開身體以後有多麼自由，可以上下騰飛，馳遊太虛，捫天越洋，無所掛慮。但是，現實的他不曾縱容自己。他還是憂國傷民，矢志為國做出好事。他曾寫下這樣美麗的名句：

　　　　愁鬱鬱之無快兮　居戚戚而不可解
　　　　心鞿羈而不開兮　氣繚轉而自縮

　　在死一樣的靜寂中，屈原想像自己登上高山。他吸露嗽霜，枕山入夢。他背靠昆侖，身依岷山，看着滾滾濁浪在四季裡不斷變換，靈魂感到力量無比，潔白賽雪。然而，現實

仍然比崇高的理想更為堅持，詩人的幻想戰勝不了矛盾。《悲回風》的結束語說得十分明白，屈原知道自己的生命已經沒有甚麼作用，就連死也改變不了昏庸的君王，又遑論拯救國家？詩意充滿着消沉：

> 吾怨往昔之所冀兮　悼來者之悐悐
> ……
> 驟諫君而不聽兮　任重石之何益

他說：我反復向君王進諫而不受聽信，那我抱着石頭沉到江底又有何作用？

高潔人格

我們今天看屈原，清楚地知道他執着。但他不是一個狹窄的哲學家。他博學多才，高瞻遠矚。他也曾知道，生活中的自由必須有妥協，並非絕對。他把這段經驗寫在《漁父》裡，創下一個清晰的哲學故事，以及十分美麗的詩句。

經過長期的流放和打擊，屈原仍然不能放下國事，身心都被煎熬到極限。他形容枯槁，神色憔悴，不成人樣。只有創作可以帶來精神寄托。早春的一天，他來到汨羅江畔徘徊沉吟，一位老年漁夫看見他驚叫起來，大喊：「您不是大家尊敬的三閭大夫嗎？怎麼被折磨成這個樣子？」屈原一眼便察覺到此人雖然一身漁夫打扮，眼睛卻矍鑠神光。於是，他便對漁夫說：「這世間一片混濁，只我一人乾淨。朝庭裡的大官昏醉了，只有我仍然清醒。所以我便遭到放逐了。」

漁夫聽了勸他說：「聖人不會拘泥於一時一事的，而能夠跟隨世事的變化而應變。既然明察社會渾濁污暗，何不掀濤作浪，使濁水濺散？如果大家都沉溺於酒醉中，你何不也嘗點清酒寬鬆一次，而困守高節？」

可惜，屈原聽了不以為然。在他心中，一個人如果稍

有同流合污的舉動，便永遠洗不清了。他對漁夫作了淡淡的辯駁，漁夫便報以淺淺的微笑，撐船悠悠遠去了，一面唱歌說：「滄浪江水清時，可以洗淨我的帽纓；滄浪江水濁時，可以洗滌我的污腳……」在屈原的詩裡，句子更為清麗：

> 舉世皆濁我獨清　眾人皆醉我獨醒
> ……
> 滄浪之水清兮　可以濯吾纓
> 滄浪之水濁兮　可以濯吾足

靜心歸宿

再過一些日子，楚國的情況沒有好轉，屈原就創作了《懷沙》，抒發他懷念故鄉長沙的濃情。多年的戰爭，把美好的江南富庶之地搞亂了，民不聊生，土地荒涼，國家滅亡的趨勢不可逆轉了。他力陳社會黑白顛倒，發力無從。與此同時，他知道自己的時限到了，心中出奇地平靜，寫成他的絕筆詩《惜往日》：

> 臨沅湘之玄淵兮　遂自忍而沉流
> 卒沒身而絕名兮　惜雍君之不昭
> ……
> 寧溘死而流亡兮　恐禍殃之有再
> 不畢辭而赴淵兮　惜雍君之不識

公元前277年陰曆五月五日的清晨，屈原身穿彩繡紋的寬袖長袍，腰懸長劍，頭戴徹雲高冠，一如他往日上朝的打扮，神情凜然。他來到汨羅江邊，望了那渾黃激流一眼，河的對岸一片青蔥，天際一朵白雲悠悠飄來，這是他深愛的楚國大地，如今都沒有多大的意義了。於是，他縱身跳入流水，靜靜地沉沒了。當時他是六十三歲，已過花甲。

詩歌不朽

　　作為政治家和思想家，屈原都不算成功，他的豐功偉績，以及他為後人千年歌頌的，是他的詩作。中古時代的劉勰（465-？），寫《文心雕龍・辯騷》，近代評論家劉師培（1884–1919），寫《論文雜記》，兩人同樣推屈原為「中國詩家之祖」。

　　我十分欣賞屈原寫他那時常掙扎的心理，以及由之衍生的豐富感情。他在《悲回風》中段寫自己歔欷嗟嗟，泣涕淒淒，終夜不眠，氣塞而呼吸不暢。我們單是欣賞文字的美便夠享受：

> 登石巒以遠望兮　路渺渺之默默
> 入景響之無應兮　聞省想而不可得
> 愁鬱鬱之無快兮　居戚戚而不可解

　　一個人想望故鄉，向曠野喊出簡單的呼叫卻得不到回應。那麼，自己的思想和感覺都像死了一樣。愁鬱不能快樂，痛苦的心結再也難以解開。

　　無獨有偶，現代諾貝爾文學桂冠作家赫塞（Hermann Hesse, 1877–1962）寫《鄉愁》有一小段相似的話：「我故鄉的男男女女們也像這些樹木，不愛說話，只緘默異常。在我眼中，在我腦海裡，他們都跟那些樹木和岩石一樣，我對他們的愛，也一如對那沉穩松樹一般。」

　　難道，情愛貴在沉默？

詩頌崇高

崇高意遠

崇高是人類共同敬仰的一種精神氣象，帶動人們追求無限昇華的目標。

崇字由山和宗兩字組成，由宗字頂着山字，表示我們祖先長期注重高山的壯麗和奧秘，以及它的無限力量和意韻。人類歷來崇尚高大志氣和意想，反映着人的特質不同與野獸。在中華文化裡，崇高純是人類的價值觀，不借用上帝的支持。

西方的崇高（sublime）是哲學本體論的深層意念。在古羅馬，文論家朗吉奴斯（Longius）著的《論崇高》，把崇高歸為語文和美學範疇，等同非凡、偉大、無限、驚異、靜寂、模糊、喜悅和死亡。今天，牛津字典為崇高一詞提供多方面的解釋，包括心智權能，超越的思想和語言，極度美和驚奇等。

從心理學看，崇高是人們轉生理需要為精神追求的精神特質與行為。此外，崇高又涉及上帝派生的真、善、美。西方文學經典《失樂園》（Paradise Lost）被視為崇高的詩篇。

力求進化

人類自古為進化而不懈奮鬥。人們面對大自然的許多景象和動力，對自己既有信心，又感到謙卑渺小。而且，有

許多感官所見的東西，神秘得深不可測，叫人因為不知而恐懼。於是，原始人創造了圖騰和巫術，用來移情，通過崇拜圖騰的活動來肯定人的獨立。

圖騰不論是一支高大的雕柱，一塊石碑，一個神話故事，或者一場巫術舞蹈，都是為了幫助人在恐慌或驚奇中，壯大自己的膽量，增加自信，從而面對物質與心理的挑戰，取得勝利和經驗。黑格爾（Hegel）在《美學》裡說：「人類到了感知崇高的階段，個體採取了最現實的心態和力量，承認萬物的虛無及讚揚神明，從中建立自己的光榮，尋得安慰和滿足。」

圖騰藝術是現實中的幻想。它的崇高含着人的力量和大自然的潛在力量。所以，崇高使人感受到恐懼和期待，經過幻想把恐懼異化，變為自信。在這心理過程中，個體能夠由恐懼而敬畏，或皈依、互滲、讚美，最後從圖騰中獲取力量，達成心理情感的激昂和愉快。

人有兩種本能，一是自我保存，二是社交互動。依附在本能上的情感亦有兩種，其一為快感，其二為痛感。前者是美，後者是崇高，即任何足以引生痛苦和危險的觀念。所以，崇高的來源便是恐懼和痛苦。當這些感受迫得太近，或者過份強大的時候，個體便需要獲得某種緩解，把恐懼的東西變為愉悅，一種心理平衡背後的安靜或安慰。詩歌的呼喊即應運而生。

詩抗王權

十七世紀中期，英國社會出現巨變，至高無上的英王被爭取自由的平民砍了頭，逐步引生了君主立憲的政體，免除了皇帝的政權。詩人密爾頓（J. Milton）在那場革命中鼓吹了「君權民授」的思想，被捕入獄，後來更盲了。他決定用文章作為抗爭極權勢力的武器，叫他的女兒錄下他口述的

十二卷長詩《失樂園》。他的作品影響了英國以至法國的思潮。他的《力士參孫》新詩,更表述了他的心願,叫自由人憑藉自己的力量,摧毀歷史上極權傳統勢力的大廈。

密爾頓依照西方美學的崇高,以恐怖和巨大為核心,移情給人予力量,摧毀長久統治社會的極權勢力。他所創造的魔鬼的形和影,可從下面的詩句中見到:

> 說有形難辨認
> 肢體迷離
> 說有質唯見影
> 形影互換
> 他屹立着如漆黑的夜
> 他殘忍十倍如復仇女神

恐怖的體或勢都不一定是壞的,卻一定有強大的力量,足以對抗或者消除醜惡的東西,引生自由和善的美,崇高的表徵。

發展下來,德國的康德（Immanuel Kant）和席勒（Friedrich Schiller）又給崇高加上量和質,道德和罪惡,構造了新的崇高內涵。英國詩人華滋華斯（W. Wordsworth）讚美道德力量無比強大,詩曰:

> 形貌豈能顯現
> 心靈偉大無邊
> 預言先知堪讚
> 吾儕畢生追求
> 早在斯人胸懷

關愛和諧

中華民族與大自然共相生息,不視自然為對抗或改造的

對象。我們視天、地、人為和諧之一體，相互關愛和保護。在中國人的心中，大自然蘊藏着無限力量和隱秘，讓我們通過敬仰而獲得精神力量，引導我們在索求福祉的過程中，時常反思，檢討行止可以如何促進人間快樂，表彰仁義。

在中國人的審美值價裡，人最重要的美德是「**己所不欲，勿施於人**」的對他人的敏感關注，以及「**己欲立立人，己欲達達人**」的仁義情懷。兩者合為高尚人格的表徵。所以，我們的修身從孝悌忠信做起，一個人有了穩固的修身基石，即自成大廈，可以自持。把握萬物和人事。　試看下詞：

蘇軾《沁園春》

孤館燈青　野店雞號　旅枕夢殘
漸月華收練　晨霜耿耿　雲山摛錦　朝露溥溥
世路無窮　勞生有限　似此區區常鮮歡
微吟罷　憑征鞍無語　往事千端

當時共客長安　似二陸初來俱少年
有筆頭千字　胸中萬卷　致君堯舜　此事何難
用捨由時　行藏在我　袖手何妨閒處看
身長健　但優遊卒歲　且斗樽前

蘇軾圓通儒道釋三家學問，用以接人應物。他服膺「講無辯訥，事理皆融」的智慧。宋代所處的十一世紀時期，比上面提起的密爾頓身處的十六世紀早六百年。宋代文化彪炳史冊，馳譽寰宇，不論在哲學、文學、科學、天文、印刷技術和醫藥，都有劃時代的演進。當時的文人看重修養和德操，積極追求崇高，尤其表現在詩詞之中。

蘇軾這首《沁園春》，是他由杭州去密州路上，想念弟弟而吟賦的。上片以磅礴的筆力，揮寫大自然的宏偉和時光對人生的洗練。下片寫他初入宦門時候的抱負和追求，相信

可以憑着筆底文彩和胸中韜畧，便足夠興國濟時。但是，他很快便理解到，宦途的登庸不可強求，亦不必求。他於是對一切得失都泰然處之，優遊自適，確保良知。

　　由是可見，中國詩人寫崇高，重人情而不拘泥風景的壯大巍峨，因為一切事情的興萎，都由人自決收放的，世間最崇高的仍是人格的崇高。

閒看山月

　　中國詩人不能吟嘯大自然的奇光異彩嗎？如山勢的奇偉與溫泉的蒸鬱？東坡的山水詩亦是十分震懾心魂的。試看他的《遊羅浮山一首示兒子過》怎樣詩寫羅浮山的片斷：

雙溪匯九折　　萬馬騰一枝
奔雷濺玉雪　　潭洞開水府
潛鱗有飢蛟　　掉尾取渴虎

　　然而，身處大自然的崇高格局之中，詩人在把握一切、物我交融、興會淋漓之時，志在表達生命意義。所謂「雖寫景而情生於文，理溢成趣」，促成藝術造化。我喜歡東坡續上文而詠的自在詩句：

我來方醉後　　濯足聊戲侮
回風捲飛霰　　掠面過強弩

詩情和同

儒道領航

「詩人的職責不在於描述已經發生的事，而在於描述可能發生的事。」這是古希臘哲人和心理學家亞里士多德（Aristotle，前384–前322）在《詩學》裡的主張。

在西方美學史上，詩人、文學家和藝術家都是預言者。他們用銳敏的心智和眼光預見未來。他們能夠這樣做，是因為他們自由自信，不受過去和現在所牽羈，敢想未來。而且，他們比較不在乎財富、權勢或者物質的享受。

詩人預言未來，當然要把一些好東西提醒大家，或者預告可能來臨的災害，叫大家趕快預防。不論如何，兩者都帶着教化作用。因此，雖然不少詩人以出世的態度抒發情感，或者講解道理，他們總會在詩作結尾之時，顯露出他們的入世情懷，以及對社會發展的關注。

為了傳達預言，詩人喜歡從情入手，用感覺經驗產生情景，進一步整合成為意境。宗白華（1897–1986）在《美術散步》說：「中國自六朝以來，藝術的理想境界都是澄懷觀道……澄觀一心而騰踔萬象，是意境創造的始基。」從那時至今，意境的創造就牽涉「道」的觀照和體驗。道分兩派，一是道家之道，另一是儒家之道。前者是「宇宙萬物之宗」，或者生命存在的整體。後者是人生之道和大自然之道，一切從現實的行止出發。

如果我們暫時放下道家精神和儒家精神的差異，很容易

發現，兩家的概念沒有矛盾，只有不同的強調重點。對於人與大自然的關係，道家強調個人領悟道的真義，並與之和諧相處。儒家則着重個人與他人互動之時，恪守由聖人制定的道德規範。據此，古代詩人藝術家都確認道的存在，引入各自的創作活動之中。王夫之（1619–1692）說：「以追光躡影之筆，寫通天盡人之懷，是詩家正法眼藏。」（《薑齋詩話》）

道通意境

那麼，中國詩人怎樣表現「道」呢？簡單地說，是通過意境。意境是由情和景所構成的。王夫之在《薑齋詩話》裡解釋，「情景名為二，而實不可離。神於詩者，妙合無垠；巧者則有情中景，景中情」。

在詩人的直感過程中，正是通過揉合有限的情和景，才可以把深藏在道內的意境表露出來，寬闊直奔無限。清代畫家笪重光說：「空本難圖，實景清而空景現。神無可繪，真境逼而神境生。位置相戾，有畫處多屬贅疣。虛實相生，無畫處皆成妙境。」（《畫鑒》）我想起貝多芬的名言，更生動地說明虛與空的作用。他說，音樂如果沒有休止符便難以入耳了。我們聽美妙旋律，音符和休止符同樣扣緊心弦。

有人誤解科學，硬說「見（聽）者為真」，方合符唯物真理。其實，這是很幼稚的見解。世間的一切，都在心智之中，感官所收之「物」，不過是人類經驗的基本素材，需要經過心的加工，才能生出意義。王國維（1877–1927）在《人間詞話》裡說：「能寫真景物、真感情者，謂之有境界，否則謂之無境界。」詩人所追求的境界無限崇高美妙。

韋應物《難言》

掬土移山望山盡　投石填海望海滿
持索捕風幾時得　將刀斫水幾時斷

未若不相知　中心萬仞何由欵

　　簡單地說，這首詩要表達一重意思，一個千真萬確的事實，即是，若然兩個人不互相接受和同心，若然他們沒有共同語言，他們是無法溝通的，他們之間隔着一萬重山。詩人要表達這個簡單的意和實，動用了四個比喻，分別說明四項不可能做成的事，例如，一人用雙手挖空和搬走一座山，搬石填滿一個海，用繩子搏住狂風，以及用利刀劈斷河水。這些，詩人強調，比起人與人之間的成功溝通來說，不過是「小兒課」罷了。

　　這首詩的風格是樸素而率直的，沿用樂府民歌的傳統。樂府有一首《上邪》，寫一位少女向情人表示她強烈的愛和一生忠貞，大聲唱出她的誓言。她說，假如有一天我要失去你，將會出現山崩水竭、冬雷夏雪的驚人景況。詩曰：

上邪　我欲與君相知
長命無絕衰
山無陵　江水為竭
冬雷震震　夏雨雪
天地合　乃敢與君絕

溝通貴同心

　　人類社會演化到現代，尤其是二十世紀以來，溝通成為個人與社會和好相處的必需元素。今天，因為信息多了，加上各種各樣的真假數據充斥生活，人們或機構之間的溝通備受語言、時空、文化和意態的影響，不易有效。等到電腦互聯網出現以來，不少人迷失於信息超載，和虛擬與真實不分的重重障礙之中，因溝通效果不佳而感到矛盾、敵對、鬥爭和挫敗。

　　詩人早就洞悉溝通的困難，以及語言的不足，因為人

際間的溝通很大程度依賴互信和知心，更不能憑藉「無面」
（faceless）的信息移動，而達成情感與意義合一的統整傳
意。今天，「面書」（facebook）成為全人類多數個體的交
通科技，是無情的傳意，人們跟隨一個口號，可以即時上街
示威，演成動亂不安。美國總統的一文，亦足以發動貿易戰
爭。然後，他又無情地說，那是無意的。

　　上千年前，詩人韋應物詠過「難言」以後，又提出「
易言」之道，從兩人的「相知」談到「和同」。他這首《易
言》，同樣運用誇張的比喻，說明事實：

<blockquote>
洪爐熾炭燎一毛　大鼎炊湯沃殘雪
疾影隨形不覺至　千鈞引縷不知絕
未若同心言　一言和同解千結
</blockquote>

　　他說，做一些十分容易的事，比如用洪爐燒掉一根頭
髮，用大鼎沸水消溶殘雪，或者像影子隨身體走動，或者用
一千個鋼鈎拉斷一絲，如同人際溝通一樣容易。兩個人只要
同心及分享共同語言，只要用一句說話即能互相溝通，解決
任何情結。

　　溝通也可以是存在於隔離之中的。詩人王昌齡（690–
756）以冷峻眼光看明月，認識到她無所不在，足以牽動遠
隔的情心。他說：「青山一道同雲雨，明月何曾是兩鄉。」
（《送柴侍御》）

　　唐代詩人李冶（？–784）更進一步，把人與明月緊緊扣
在一起，造成人即是月，月即是人。所以，只要明月當空，
遠隔的情人見了，即可互相溝通。她的《明月夜留別》說：

<blockquote>
離人無語月無聲　明月有光人有情
別後相思人似月　雲間水上到層城
</blockquote>

知己安心

自己與他人

《呂氏春秋・先己》說：「欲勝人者，必先自勝」，可見中國哲人早就研究「自知」的心理問題。明代學者呂坤說得具體，他在《呻吟語・修身類》中說：「人不難於違眾而難於違己。能違己矣，違眾何難。」用今天俗話講，一個人不容易「過自己的關」，「過了自己一關，便可與他人平和相處了」。

「違己」是超越自我。「違眾」是反對潮流，或者「不跟時尚走」。「己」是屬於個人的，本來容易商量，卻不是容易改變的。因為，可以商量的是經驗，難以商量特別是改變的，還有情感，不論生於本能的，或是成於價值信仰的，更或是寄望於理想的。

德國文豪歌德在《浮士德》中生動地敍述了超越的自我和經驗的自我之間的矛盾和衝突。他說：

> 我有兩個靈魂互鬧分離
> 一個沉溺於粗俗的愛欲
> 執住官能感覺迷戀人間
> 另一個強烈地超越塵寰
> 奔向那聖賢崇尚的領域

勝己安心

　　現代心理學說明，人是以自己為中心的。每個人的經驗和思想都按照一己的位置而生，正如站着可以知道前後左右和上下，一切方位都以己身為中。他人的方位往往與自己的不同，所以需要一番功夫和認識方能明白。明白了亦有接受與排斥之分。至於眾人的方位，或稱社區國家的方位，就更複雜了。

　　勝己和達己都是十分複雜的心理過程，因為受着「己」的執着，一切都是唯心的。就是說，由心所決定。

　　至於現代中國所堅持的唯物，那不是客觀存在的。物之所以存在，包括用文字寫成的意態，同樣由心所認知、決定和接受。不接受的物便要受到排斥或否定了。接受了才成為客觀存在。

　　中國古代心理學對修身早有卓見。中國人以君子的人格為修身楷模。明朝學者薛瑄有一句話說：「君子對青天而懼，聞震雷而不驚；履平地而恐，涉波而不懼。」青天包括一切在太平世界中的事物形象，其中震雷不過是偶發的小事。同樣，平地廣闊，走着叫人舒服。如果一個人在舒適中習慣意識到風波的發生，那麼，一旦處身於風險，亦有應對的能力。

　　《孫子兵法》的智慧同樣到家而富啟發。孫武在《勢篇》裡說：「亂生於治。」他勸領導者在太平盛世中不忘動亂的發生，時時做好準備。三國時代的王弼解釋老子的智慧，在《老子指略》中說：「夫存者不以存為存，以其不忘亡也；安者不以安為安，以其不忘危也。故保其存者亡，不忘亡者存；安其位者危，不忘危者安。」這些道理可以用於國家，亦可用於個人。其理說明世界在變，人心（包括智能和感覺）則可在變中維持安定。

　　知道維持安定的人是自勝的強者。同時亦是勝人勝物的

樂觀者。這是態度的作用，由「愚人見石，智者見泉」所說明。我們觀照中華文化的流轉，如果可以分辯出哪些思想或觀念是甘泉上面的石層，哪些是湧出石層而流的活水，即可生出智慧和樂觀的審美。這一切都可以從歷來的好詩佳詞中見到和感受到。

偉大與快樂

屈原開創中國詩人自我剖析的先河，一生都在激情與理智、個人意願與他人認同之間求索定論。他的偉大不在於歷來人們誇大的愛國忠貞，而在於他的想像力的發揮，幫他寫下不朽的詩賦，為中國詩詞開創浪漫又貼切人生崇高理想的生命訴求的寫照，美不勝收。

屈原的生辰究是出於偶然或者天定，無人可以解答。但是，他卻執着自己生於寅年寅月寅日誕生的特殊性，深感必須肩負重任，不比常人。套入西方傳統思想的解釋，屈原具有「水仙花情結」的性格，一如德國詩人尼采。這種人深切地覺得自己美善和身負重任，註定終生不得快樂，只能偉大。

《離騷》是屈原用激情、心理掙扎、和生命理想共鑄而成的不朽詩作，全篇三百六十八句，每一句都是矛盾心靈搏鬥的產物。歸集起來，反映的無止境的問題是，一個人應該堅持操守，還是隨波逐流，放棄個人定位？

屈原不是完全主觀的。他在詩中創造了三個人物對他責備，勸告，與同情。她們是女嬃、靈氛和巫咸，每人代表不同的獨見。儘管如此，屈原還是悲劇收場，用自己的生命象徵崇高。他在首篇的第一節說：

> 紛吾既有此內美兮　又重之以修能
> ……

> 日月忽其不淹兮　春與秋其代序
> 惟草木之零落兮　恐美人之遲暮
> 不撫壯而棄穢兮　何不改乎此度
> 乘騏驥以馳騁兮　來吾道夫先路

譯為白話文：

> 我獨有優厚的天賦　加上修練成的才能
> ……
> 時光不停轉換　四季更替依序
> 草木瞬間凋謝　好人青春容易飛逝
> 何不趁着青年滅盡醜惡　疾志改善現行法度
> 我要駕着駿馬奔馳　開闢前頭的道路

情與志矛盾

　　屈原滿懷信心，他為人民的困難而感到哀痛（長太息以掩涕兮，哀民生之多艱……雖九死其猶未悔），要用明智改善國家。可惜，他不受當權者所接受，而他也在失敗中不斷自省和反責。在《離騷》的第二段裡，他坦白地說：

> 女嬃之嬋媛兮　申申其詈予
> ……
> 汝何博謇而好修兮　紛獨有此姱節
> ……
> 世並舉而好朋兮　夫何煢獨而不予聽

　　女嬃代表詩人虛構出來的好心人，是屈原心理矛盾的外化。他借着她的責備說明自己的缺點。但是，她的說話不曾改變屈原的執着。試看他立即便替自己辯護了：

> 相觀民之計極

> 夫孰非義而可用兮
> 孰非善而可服

白話的意思是：「我仔細思索人生的準則，不義者有誰可以信任？不善的事又怎樣可行？」

自由的求索

於是，屈原跪着向天言志，他一定要本着良知尋到可行的真理。這樣，他就寫下大家熟悉的名句：

> 路漫漫其修遠兮　吾將上下而求索

不過，在這首長詩第二段結束之時，屈原表達出他仍然一籌莫展，而且，失敗一次又一次地折磨着他。所以，接着，他求問占卜了，借着靈氛和巫咸兩位智慧之神的指點，決定遠遊。這一遠遊規模宏大，憑着無限的想像，讓詩人自由高飛，超越時空，好不壯觀！詩歌這樣說：

> 靈氛既告余以吉占兮　歷吉日乎吾將行
> 折瓊枝以為羞兮　精瓊爢以為粻
> ……
> 忽吾行此流沙兮　遵赤水而容與
> ……
> 屯餘車其千乘兮　齊玉軑而并馳
> ……
> 抑志而弭節兮　神高馳之邈邈
> 奏九歌而舞韶兮　聊假日以媮樂
> ……
> 陟陞皇之赫戲兮　忽臨睨夫舊鄉
> 僕夫悲餘馬懷兮　蜷局顧而不行

　　就是說，既然得到指示遊向遠方，我就擇日起程了，攜帶着精美的乾糧。我瞬間便到達了西方的沙漠，又沿着赤水河慢行……我的車隊有成千多輛，發動着玉輪浩浩蕩蕩……我神馳着無限的遠方，心中響起九歌和韻樂。……我升上了光明一片的天界，忽然俯視到我的故鄉，就連我的隨從和馬匹都停了下來，蜷縮着身子再不前行了。

　　於是，屈原又回到了現實，執着自己的理智，放下自由的理想。他長嘆着說，算了吧，既然沒有人理解我的志向和憂國憂民之心，我懷念故鄉有何益處？我將以彭咸做榜樣。

　　至此，全詩約二千五百字一月山戛然而止。屈原回到故鄉，走向悲劇的結局，以身殉國，其實是他的固執和孤獨所造成的。

　　但是《離騷》不朽，萬世長青。它的語言瑰麗多姿。它的對偶句的雙聲、疊韻和三字狀語像美妙的音樂，抒情至極。詩人又運用他的無限想像力，創造了大量的象徵和隱喻，有聚有散，以天馬行空的情趣，帶領讀者廣遊太虛，感受到那汪洋的氣勢，和那波譎雲詭的霞彩、昂奮、欣悅、迷狂，卻又即時回到現實，清醒而憂傷，彷彿人生只是矛盾心理的搏鬥，無以或釋。這不就是所謂浪漫嗎？

心廣情馳

崇高與激情

十八世紀，英國政論家和哲人愛德蒙・柏克（EdmundBurke）在《論崇高與美：法國革命之反思》中提出一個論說，確認「任何能夠引起痛苦和危險觀念的……任何可怕或與之有關的東西，或者引生恐怖的做作，都是崇高的來源」。同時，被認為崇高的東西必須與人保持一段距離，以及維持一種無法解開的神秘。

在人類生活上，龐大、強力、黑暗、突然、困難、沉寂等情況，都是引起崇高感的媒介。例如高山巨川、迅雷獸吼、閃光或驟然黑暗，大眾的嘶喊或衝動，都給人心理威脅，使他感覺到崇高。

柏克又在他的另一篇文章《論崇高與美觀念的根源》指出，在西方文明，悲劇是崇高的一個重要來源，因為它引起人們的同情，感到快樂又痛苦，懾人心魂，使人在極端激動之餘，不明悲劇的力量為何如此龐大，感到崇高。他說：「憐憫心是一種伴隨着快感和滿足的情欲，起於愛和合群性。上帝借助同情心來團結人們，增強人與人之間的結合力。」

崇高與新奇

到了十九世紀，這種觀念起了變化，滲入了美的成份。

美國史家摩爾（J.S. Moore）在《六概念史》一書中說崇高之心是善是美，從此以後，崇高再不單是出於使人恐懼或痛苦的東西，而是加入了道德的力量，由感受者自己決定。

中國人的審美觀不同西方傳統。我們崇尚朦朧含蓄，對一切大小事情持着中和態度。儘管如此，我們對於闊大高深，驟發與恆久，新奇與神秘的東西，亦同樣感到崇高。

中國歷代詩詞中敍述和讚嘆崇高的，為數甚巨，亦獨有韻味。唐代國力強盛，政治開明，同時溝通外國，文化得到迅速發展。人的價值觀念從功業感召向藝術審美逐步轉化。在唐朝的幾百年間，文人參政，使詩壇長駐宮廷官場，然後又走向廣闊的江山和塞漠，使詩人在面對一片嶄新世界的經驗中，趨向好奇。

無風波浪狂

唐初四傑的詩作明顯地展現新奇，尤以王勃與楊炯最為出色。試看：

楊炯《巫峽》

三峽七百里	唯言巫峽長
重岩窅不極	疊嶂凌蒼蒼
絕壁橫天險	莓苔爛錦章
入夜分明見	無風波浪狂
忠信吾所蹈	泛舟亦何傷
可以涉砥柱	可以浮呂梁
美人今何在	靈芝徒有芳
山空夜猿嘯	征客淚沾裳

長江兩峽的奇壯景象被詩人融入自己旅中的情懷，得到充份的抒發。在詩人的筆下，大自然的雄峻奇險景象，巨川

裡的無風高浪，懾人心魂，使人感到渺小謙虛，崇慕大自然的宏偉力量。

天涯若比鄰

王勃《送杜少府之任蜀川》

城闕輔三秦　風煙望五津
與君離別意　同是宦遊人
海內存知己　天涯若比鄰
無為在歧路　兒女共沾巾

這是一首送別詩，但是毫無悲愴神傷的色調。詩人一開聲便展開雄闊的超時空景觀，承以沉摯的友情，凸現無比的自信，體現唐朝時代眾人對理想前途的嚮往，一片光明。詩中的名句「海內存知己，天涯若比鄰」，雖然脫胎自曹植的「大夫志四海，萬里猶比鄰」，經過王勃的變換，愈見精粹明亮。我們在今天「一體化」的世界格局中欣賞古詩，怎能不讚美古代詩人的廣闊胸襟和遠見？

另一位詩人岑參遠征西域，直抵中亞。他親歷火與血交鋒的戰爭磨練，叫他好奇的性向在塞外風光的感召下得到極度發展。詩人本着真實的現場觀察，用敏感的藝術辭藻，呈現江山變形的面貌和異國情調。他又納異族文化於主體，給我們呈現中原文化與西域文化撞擊和交織而融合的一個縮影，由此揭開唐代那新興的奇美思潮所產生的開放文化潮流，意義重大。

試讀他的《火山雲歌送別》，以新疆的火焰山為背景，寫火山氣勢，山雲有情，結尾瀟洒飄逸。詩云：

火山突兀赤亭口　火山五月火雲厚
火雲滿山凝未開　飛鳥千里不敢來

平明乍逐胡風斷　薄暮渾隨塞雨回
繚繞斜吞鐵關樹　氛氳半掩交河戍
迢迢征路火山東　山上孤雲隨馬去

我友明月到

　　李白好奇，寫奇，誇張奇，笑奇。他是屈原以來最自我中心的詩人。他才華四溢，一生跌宕坎坷，卻執着「相攜臥白雲」的隱逸理想。他的思想和言行都反映出強烈的主體意識。在他的詩中，不但日月星辰與天地萬物可以由他任意擺佈驅遣，而且充溢着神話與無奇不有的造念。所以，有人稱李白為「奇中有奇」、「氣骨高舉」。他自己卻自言「苦笑我奇誕，知音安在哉」，自感「長嘯倚孤劍，目極心悠悠」。

　　李白特別喜歡月亮。在他的詩中，月亮神秘、高遠、純潔、寂寞、孤清、美麗、親近、可信、崇高。對着月亮，李白寄意心靈深處最難言說的心事，發問沒有回答的問題，隨意呼來遣去，又不請自來。

《把酒問月》

青天有月來幾時　我今停杯一問之
人攀明月不可得　月行卻與人相隨
皎如飛鏡臨丹闕　綠煙滅盡清輝發
白兔搗藥秋復春　嫦娥孤棲與誰鄰
今人不見古時月　今月曾經照古人
古人今人若流水　共看明月皆如此
唯願當歌對酒時　月光常照金樽裡

　　在長安，李白無聊又孤寂，像一切才華過份惹人妒嫉的人一樣，沒有朋友。所以他與月亮結伴，因其無言無情，又

可以任意移情也。我們從一首《月下獨酌》五言古詩盡見底蘊，詩云：

> 花間一壼酒　獨酌無相親
> 舉杯邀明月　對影成三人
> 月既不解飲　影徒隨我身
> 暫伴月將影　行樂須及春
> 我歌月徘徊　我舞影凌亂
> 醒時同交歡　醉後各分散
> 永結無情遊　相期邈雲漢

我們平日讀李白的詩，多數着重他的豪邁與不羈，那種才華飄逸達到可以同仙人相比。但是，他一生不依時俗，暗中受着綿綿不斷的孤獨所折磨。真是「長嘯倚孤劍，目極心悠悠」。他從幼年開始便跟月亮做好朋友了。

《胡朗月行》（節錄）

> 小時不識月　呼作白玉盤
> 又疑瑤臺鏡　飛在白雲端
> 仙人垂兩足　桂樹何團團

萬松送清音

史書沒有說明李白是否善於彈琴，但他對音樂的知識和欣賞都相當到家，而且十分喜歡聽琴。琴是有知性的靈物，表達人喜怒哀樂的內在和外在世界，叫聽者神思喜悅，欣賞大自然和心境的無限時空。

《聽蜀僧濬彈琴》

> 蜀僧抱綠綺　西下峨眉峰
> 為我一揮手　如聽萬壑松

客心洗流水　餘響入霜鐘
不覺碧山暮　秋雲暗幾重

綠綺是名琴，曾為司馬相如所有。留傳下來，有機會彈它的當然是超凡脫俗、心地潔淨的名家。在這詩裡，從詩人的故鄉而來的僧人，為他奏出高雅的曲調，把他送入深山的松濤之間，夾着流水，使他好像置身仙境，感到母親懷抱中的柔軟與溫暖，無比安樂。

在另一首思念故鄉的詩裡，李白更詳細而全面地傾瀉盡平日深藏心底的辛酸與激情，把鄉愁放在崇高的平台上，表現得氣象磅礴。

《秋夕旅懷》

涼風渡秋海　吹我鄉思飛
連山去無際　流水何時歸
目極浮雲色　心斷明月暉
芳草歇柔艷　白露催寒衣
夢長銀漢落　覺罷天星稀
含悲想舊國　泣下誰能揮

為何李白和他的同代詩人能夠如此極度自由地發揮自我中心的情愫呢？應該說是因為唐朝的繁榮和開放。繁榮不難，只要人民勤力生產便可以了。開放則十分不易。它反映出人們無所顧忌地超越社會禮法，以及發揮無限的幻想和勇氣。就是說，幻想只能生於自由，一種個體不怕從純私我觀點和利益、誇張地表露出來的人性優質，達至極美。

自由情無限

千多年前的唐朝沒有飛機、火車和汽車。但是，胸懷遠志的玄奘，竟然決心去遙遠的印度取佛經，一去十四年，

由學話到明經翻譯，把佛教傳遍中國大地，又影響朝鮮和日本。他那種自信和毅力，只有在極端自由的社會氛圍中才能出現。

在藝術上，唐代的繪畫和書法所表現的高度自由，更是突出。初唐的書家以法度嚴謹的楷書著稱。到了開元以後，書家的作品便變化無窮，若有神助了。試看李白怎樣描述懷素寫草書的驚奇景象：

《草書歌行》

飄風驟雨驚颯颯　落花飛雪何茫茫
起來向壁不停手　一行數字大如斗
恍恍如聞神鬼驚　時時只見蛇龍走

詩人從看見高山巨川的自然奇景，生出崇高之感，衍變到看見書法家寫字的自由人為創造無奇不有，心想連神鬼看了也會驚慌叫奇。這種崇高心理的變換，也只有在中華大地上找着，只有從中國詩人的自由創造中得到體現。

對於中國詩人來說，自由最是崇高，人的絕對而自信的自我主宰權能，折射在各種藝術造工之上，光芒四射，萬古常新。

禪詩安生

禪的誕生

　　佛教傳入中國，揉合着博大幽深的老莊思想，和創幻無盡的魏晉玄學，即時激發起新的生機，衍生出佛學融和中國文化色彩的禪宗。

　　禪宗雖然源自佛教，卻不染宗教。它不持絕對的執着，單求此生的精神解脫。於是，禪的意識和方法，迅速變為文藝創作的途徑。一時，由士大夫染色和包裝出來的禪詩、禪畫、園藝、盆景，除了調適個人的人生取向，和生活情趣以外，更反過來，成為參透佛性的上乘媒介。

　　禪以無念為宗，追求心空的境界和智慧，以求達致無欲，不生，不死，大休，大息，最後趨向涅槃。在體驗中，禪的本意是沉思，即集中散亂的心念活動，切斷感覺器官與外界的聯繫，進入冥想，使意識跌入一種單純的空明狀態，生出頓悟與智知。

中西共用

　　現代心理學研究禪定，用科學儀器，測量高僧坐定時的腦皮狀況，發現甲波特別旺盛。甲波是一種具有對光作用的生物運作，有助思維甦生，使人於空靜中，得出明見。所以，西方不少專業人士和高級知識份子，每遇困擾、無奈、失落之時，渴望得到暫時的清靜和解脫，尋着自然的「原

我」，即借用禪來達到目的。二十世紀七十年代至今，西方各大都會，都設有高姿態的習禪場地，連高等學府亦加入行列。

　　我國古代學者早就知道，禪定可以產生思維的昇華，所以把習禪融入生活習慣，以求維持一種幽深清遠、澹泊空明的心理常態。詩人藝術家習禪，可以時常更新審美視度，推動藝術創新。以詩為例，禪入詩作，可以產生言外之意、弦外之音的效果，兩者合起來包涵常理和超常理的無限韻味。

王維《送別》

下馬飲君酒　　問君何所之
君言不得意　　歸臥南山陲
但去莫復問　　白雲無盡時

　　此詩最後兩句，勸人以積極的態度勇往直前，並以無限的空間，寄寓詩人嚮往一種不受拘囿的自由自在生活。它給讀者留下一種「言有盡而意無窮」的意境。

禪入詩境

　　王維的詩歌，是禪與詩相結合的典型產物。他晚年隱居輞川，長守齋戒，朝朝誦禪，與道友浮舟漫遊，彈琴賦詩，嘯詠終日。他的詩於表現空寂的同時，又盡現內心怡悅之態。試看他的《終南別業》：

中歲頗好道　　晚家南山陲
興來每獨往　　勝事空自知
行到水窮處　　坐看雲起時
偶然值林叟　　談笑無還期

　　禪詩也有引禪入詩的，直接引用佛語或佛迹來創造禪趣。皎然的一首《水月》是典型的例子：

夜夜池上觀　禪身坐月邊
虛無色可取　皎潔意難傳
若向空心了　長如影正圓

放下我有

　　我1978年在劍橋的沃扶森學院（Wolfson College）任駐校學者，接觸到十多位來自東歐和中東的科學家，大家一齊參禪。我們之中有人迫切求成，結果覺得禪心虛渺，不可攀得。但是，也有人看見禪與非禪只隔一線，這條線由心理生成，可以由「放下」的心態幫助越過。

　　「放下」是在肯定自我的基礎上超越「我有」，而後者是多數現代人所難以做到的。《六祖壇經》有云：

即心元是佛　不悟而自屈
我知定慧固　雙修離諸物

　　心理學家馬斯洛（Abraham Maslow）說：「自我實現，首先需使本真自由從物欲和強求中解放出來。」正是放下的註解，不論用來悟佛或調適生活，都很有效用。

　　學禪旨在讓人面對生活，不加外求，於得悟中試用一種新的觀點，明判人生事物，或反省日常生活習慣，看它能否滿足我們的精神需要。如果不能，就繼續尋求改善，讓「自我」悟驗到本真自由。這種自由的獲得不帶着標誌，而是一種經過長久的反省和尋索，使個人的精神高居靈敏狀態。一個人一旦得悟，就認清自己，而且知道怎樣滿足地生活。

禪與詩悟

　　北宋的嚴羽首先提出：「大抵禪道惟在妙悟，詩道亦在

妙悟。」所以，禪和詩有共通和互補之處。「妙悟」是佛教的術語，指善用「識見力」和「覺悟力」的結果。具有妙悟作用的詩，是「言有盡而意無窮的」，給人一種充滿無盡韻味的享受。

嚴羽勸人學詩或作詩，都要從取得妙悟開始，且要經常參悟。至於學習寫作方法，則是次要的。以禪喻詩即是以禪宗的思維方法，滲入詩人的創作活動中，使他觀看事物的時候，或發思幻想的時候，都維持一種空明澄澹的意圖，育化表達詩歌的「意」。

別材意趣

《滄浪詩話》包括「詩辨」、「詩體」、「詩法」、「詩評」和「詩證」五大部份，洋洋大觀。它重視詩歌的藝術特點，強調詩的「別材」和「別趣」。作為評價的具體標準，嚴羽要求詩要「透徹玲瓏，不可湊泊，如空中之音、相中之色、水中之月、鏡中之像，言有盡而意無窮」。

> 獨尋青蓮宇　行過白沙灘
> 一徑入松雪　數峰生暮寒
> 山僧喜客至　林閣供人看
> 吟罷拂衣去　鐘聲雲外殘

這首《訪益上人蘭若》，充份表現了嚴羽作詩的功力。蘭若是梵文譯音，指謂寺廟。所以這首詩寫的是作者到山中寺廟探訪禪僧友人的情景，內容平凡。因此，我們要欣賞的，是詩人怎樣通過藝術造工，描寫當時的情景，並托出「如空中之音」，使全詩「言有盡而意無窮」。

顯然，山上的青松、白雲、遠方的鐘聲，足夠構成一幅山寺幽靜肅穆的景況。為了寫他自己由入山到離去全部過程中的「動」，又保持寺院周圍的「靜」，詩人用了多個動

詞：尋、行、入、生、喜、至、供、看、拂、去、聲、殘。
然而，即使有這麼多的動作，我們仍然看不出動，反而直覺
地感到靜。詩人是從大處着筆，虛寫實景，收得不實不切的
印象。

這樣平鋪直敍的八句話，禪意又在哪裡呢？我以為「吟
罷拂衣去」很瀟灑了斷，空而解脫；「鐘聲雲外殘」則留有
無窮的意韻了。

空境本無

無所不能的意趣常見於禪宗公案上。據《壇經校釋》
載，五祖弘忍準備傳衣缽的時候，請院內眾和尚題偈，表達
其見悟。大弟子神秀偈曰：

> 身是菩提樹　　心如明鏡台
> 時時勤拂拭　　莫使有塵埃

五祖讀完對神秀說：「汝作此偈，見即未到，只到門
前，尚未得入。」即是說，你的見悟未夠空。比較起來，小
和尚慧能不識字，但是他見悟得入。他請人代他寫偈，五祖
讀了大為讚賞，把衣缽傳給他。他的偈使人一看便知道他到
達了空的無我境界，其意境驟然跳躍於讀者眼前：

> 菩提本無樹　　明鏡亦非台
> 本來無一物　　何處惹塵埃

儒釋互動

從唐五代開始，佛教的中國化，推動中國文學發展。
及至宋明清三代，佛教在中國發生蛻變，文人們利用佛教的
思想及修為方法，揉合傳統思想和藝術，進行創新。讓儒、

道、釋融和起來,塑造文化的新面貌,詩歌是其中重要的一環。

在文學上,南朝的謝靈運一生信佛和研佛,卻不求悟,亦不願成為佛門的虔誠信徒。他曾受慧遠大師之托,作《佛影銘序》,又參與修訂《大般涅槃經》的工作。但是,他不說佛證佛,也不求成佛。他可以說是禪詩的鼻祖,但他的詩只充滿禪趣,少見禪理。即如《石壁精舍還湖中作》一詩可見:

> 昏旦變氣候　山水含清暉
> 清暉能娛人　遊子憺忘歸
> 出谷日尚早　入舟陽已微
> 林壑斂暝色　雲霞收夕霏
> 芰荷迭映蔚　蒲稗相因依
> 彼拂趨南程　愉悅偃東扉
> 慮澹物自輕　意愜理無違
> 寄言攝生客　試用此道推

禪詩盛事

佛教對中國詩壇產生的一個重大影響,是「四聲」的創立。唐永明年間,史家和文壇名人沈約迎應誦經的聲韻需要,寫了《四聲》一書,給中文的讀音添上四聲,更奠定格律詩的基礎。於是,「永明詩體」成為中文詩的一時典範。

禪宗以佛教的心性論為基礎,摻合中國士大夫的人生理想與處世態度而形成,一出現便受到廣泛的擁護。在唐太宗和武則天的倡導下,唐朝社會形成了「儒以治外、佛以治內」的態勢。於是,像李白和杜甫的一些詩,都孕育着佛意禪心,而最受影響和具代表性的禪詩作者,則是王維了。

王維早年隨母信佛,畢生習禪,並與南、北宗人士關

係密切，詩文贈饗往來甚頻。他出身官僚貴冑之家，才華出眾，仕途卻坎坷多蹇，多次陷於進退兩難的矛盾中。所以他為求精神解脫，只能以玄談為樂，以禪誦為事。試聽：

一生幾許傷心事　不向空門何處銷

　　王維的最大成就在於山水田園詩，那是多數讀詩人熟悉的。我覺得他寫大自然中的動靜相交，以及顏色的奇美瑰麗，讚歎宇宙的奇偉，用深濃的禪意表達即物即真的事實，令人由衷感動：

《木蘭柴》

秋山斂餘照　飛鳥逐前侶
彩翠時分明　夕嵐無處所

《樂家瀨》

颯颯秋雨中　淺淺石溜瀉
跳波自相濺　白鷺驚復下

　　杜甫亦傾心禪宗。雖然他寫的禪詩不多，有的數首，卻是禪意濃郁的。他自稱「身許雙峰寺，門求七祖禪」，所以寫起詩來，自然超塵脫俗：

《望牛頭寺》

牛頭見鶴林　梯徑繞幽深
春色浮山外　天河宿殿陰
傳燈無白日　布地有黃金
休作狂歌老　迴看不住心

心空智生

　　禪宗追求心空的境界和智慧，認為心空則無欲。禪的本意即沉思，將散亂的心念集中，進行冥想，排除一切干擾，使意識進入一種單純的空明狀態。這種冥想，可以造成思維的高度跳躍，提升幽深清遠、澹泊澄明的境界與情趣，很能與創作活動互相吻合。

　　唐朝禪宗詩人創發了以禪入詩的新詩藝。他們認為，好詩以恰當而豐富的隱喻為主，產生言外之意，令讀者咀嚼其中無限之意蘊。相對說，禪的入詩不但豐富詩的內涵，而且加強詩的表達力。如是，有哲學底蘊的詩往往顯示深度，而經過文飾的哲理，則可以引人入勝，兩者同樣受益。

美和善樂

美在柔和勻稱

　　曹植的《洛神賦》借美的步行運動寫和諧。那不即不離、若隱若現的動態，盡在詩人心中：「凌波微步，羅襪生塵。」自那時起，凌波這一原來敍述水的波動的名辭，即成為中國詩人用來形容美女形態的典故。古人欣賞的美女不是今天西人那種搖胸擺股，意在展示性感的「美」，而是含蓄的柔美和嫻靜的純美，讓眼睛和心結合起來完整而帶着尊貴的美感。

　　在中國美學史上，情理交融的抒情詩詞，沖和淡遠潑墨畫，莊嚴凝重的建築，情緒井然的戲曲，以及八音克諧的音樂，都以和諧勻稱作為美的表現。華夏民族的以中和為貴的美的理想，生自長期農業生產過程中人與天交往共相生息的經驗積澱。在農民的心中，沒有甚麼比風調雨順、嘉生繁祉更為重要和安歡寧泰的了，人與大自然和諧相處，「故能豐長而歸之」的思想出自生活奮鬥，是多麼孕育舒服的享受。

美貴多元和諧

　　周景王登峰造極的時候，命人製作一個最大聲響的「無射」大鐘，遭到秦穆公的反對。他說：「鐘聲不可以知和，

制度不可以出節，無益於樂。」就是說，鐘聲應該是純音，正如政治制度必須要有節制一樣，皆以中和為佳。同期的《國語•鄭語》又記述史伯的主張說：「聲一無聽，物一無文，味一無果，物一不講」，說明不論聽覺、文章、味覺的美，都需多元化，使多姿多采的東西和諧歡悅，引起主體心理的安謐。

　　孔子和荀子後來編《樂記》，把政治教化加入了「和」的思想，在一定程度上改變了以前的樸素宇宙觀。他們強調和的思想感情必須保持着道德規範，不可悖離禮教制度，合起來形成了以「中和」為「美」的思想系統，影響了中華美學幾千年的發展。

　　概括地說，儒家主張安命樂天，隨順世態，守中居正。道家認為「道」即「大和」，生命中所經歷的皆是「縱浪大化中，不喜亦不憂」，連悲劇中的苦難都不需驚惶積怨，都可以放在大化轉運中循環，以達終極的化解。佛家勸人從善而不殺生，孕蓄「和善之心」。這些，都造成了像中國人DNA那樣深層的謙和濟世心理，以及不偏不易（中庸安穩）的生活取向。

　　中華民族的傳統美德，扎根在形式的和諧必須與內心的倫理和善結合統一的理想之中。一切崇高而教人尊敬的東西，都以促進人的和善安樂為基礎。

流動迷離美

賀鑄《青玉案》

凌波不過橫塘路　　但目送　芳塵去
錦瑟華年誰與渡　　月臺花榭　瑣窗朱戶　惟有春知處

碧雲冉冉蘅皋暮　　彩筆新題斷腸句
試問閒愁都幾許　　一川煙草　滿城風絮　梅子黃時雨

　　這首詞借美人的流動和牽心，寫詩人自己對美的孜孜追求。凌波般的美感在他面前頻頻經過，他所捕捉得到的，只有那不定不實的「芳塵」。這樣，他不免感到孤寂，自問就在這樣的索求中，注定不能得到精神上的安頓嗎？連寶貴的年華（生命）也要虛渡而無得？實在，詩人想，美仍然藏在生活上的每一角落，如月臺花榭，或者深鎖的朱門。「它」迷離得只有春天知道。

　　下半闋寫詩人自己的景況。流動的碧雲和無邊的水澤，都提醒他，必須搬動他賴以創作的「彩筆」，盡心工作，把心中的美感形於「文」中，訴說「尋美」不着的傷心真情。接着，他問自己是否太多情，連捕捉不到的美的真理也夢寐以求。詩人匠心地搬用虛設的發問對着不實的對象（試問），關注藝術的詩人真的「多情愛惹閒愁」，不酬艱苦，不論工夫有多少，一定要尋着美的在處。

　　沈際飛在《評莫堂詩餘》裡說賀鑄這裡用「疊寫三句閒愁，真絕唱」了。不是嗎？一川煙草、滿城風絮、梅子熟了的細雨時份，由眼前事物寫到遙遠的天邊，更穿越時光管道通向未來，寫「閒愁」的無邊無盡。對美的追求竟然是這樣撲朔迷離，難有結果？致使詩人黯然神傷。

　　《詩經‧秦風》寫美，以在水一方的「伊人」為喻，說「溯洄從之，道阻且長。溯游從之，宛在水中央」。李白寫閒愁，說「白髮三千丈，緣愁似箇長」。秦少游寫閒愁說，「飛紅萬點愁如海」。這些名句說明，古往今來，詩人以其銳敏的熱誠，關注孕潤生命的美感，是如何牽動知識份子的心智。在這首詞裡，賀鑄用詩樣的時空寫照，說明自己對藝術（藝術是生命和社會）的關心，永不停息。

豪情婉約同美

　　賀鑄是北宋詞壇的重要人物。他年輕時熱心天下事，滿

腔報國熱情，結果沒能建功。他的詞作卻是工麗協律、意遠幽深的，叫人讀了衝動地要奔向他的意境，很美，很雋永。看他寫自己的英銳豪情：

《六州歌頭》（節錄）

少年俠氣　交結五都雄
肝膽洞　毛髮聳
立談中　生死共
一諾千金重

我特喜歡他的《天香》，寫亂世中人的狀況與無奈，流浪中對生命意義的不懈追求。末句「好伴雲來，還將夢去」，借「明月」這位可靠的忠實朋友的親近情誼，在人生路途中關心遊者的踪跡，在現實生活中來，在美夢中去。我不曾讀過比這更美更充滿「人與大自然融而為一」的意境。賀鑄以獨到鍊字工夫著稱。我認為他寫景、大自然、時間和空間的鋪排，也高人一着。詞云：

煙絡橫林　山沉遠照　迤邐黃昏鐘鼓
燭映簾櫳　蛩催機杼　共苦清秋風露
不眠思婦　齊應和　幾聲砧杵
驚動天涯倦宦　駸駸歲華行暮

當年酒狂自負　謂東君　以春相付
流浪征驂北道　客檣南浦　幽恨無人晤語
賴明月曾知舊遊處　好伴雲來　還將夢去

與月同眠

聚散如一

　　在中華民族的思想體系中，宇宙的整體包括人在其中，不把人劃分在宇宙主體以外。古人確認「氣」是萬物的根本，也是人的根本。《莊子》說，「人之生也，氣之聚也，聚則為生，散而為死……故曰通天下一氣耳。」

　　在宇宙一體的格局中，乾坤各有特質和分工。乾不但為天、為圓方、為金玉、為寒水，亦為君、為父、為首。坤不但為地、為文、為爺、為牛，亦為眾、為母、為腹。五行是五方、五色、五音、五味……連結在人身，它又是五官五臟。所以，中華文化內涵的本體論上的天人合一，認識論中的知行合一，美學裡的情景合一，都反映着「人在其中」的宇宙整體性。

　　人的認識是無限宇宙的一部份，其功能在於運用有限能力把握無限，其奧妙在於創造以「無」為本的模糊性，代表未知或不知。因為無形深處的「氣」是生命之根，生化之源，它是可親可敬的對象。中國人相信「體無」是最高的哲學境界，我們積極尋求「無形大象、希聲大音、景外之景、韻外之致」的藝術境界。

　　由人所把握到的清晰認識之外，更存在着無限宇宙的模糊可能。這是《淮南子・原道》裡提到的，「視之不見其形，聽之不聞其聲，循之不得其身」的存在領域。當我們把無限之大之多的模糊，當作本體功能來把握的時候，就可以把真的無

限性，變為可以認識的對象，進行親近和合，同時亦可以把「惡」的無限性，化為可以認識的對象，不執着對抗。

因為人的認識把握着宇宙的「有」，（可以說是宇宙的一半），我們再把握到中國哲學的「無」（宇宙的另一半），就把握了人與自然的全面和諧。

藝術人生

第一是漢賦的詩作。第二是宋元的畫作和建築。兩者都在表達飽滿、宏偉、充實和力量的同時，運用虛、寂、清、遠的意境來包容萬有。中國繪畫的特殊透視方法（三遠法），可以俯仰天地。我們的建築群體，着重時空合一，風水人和。用宗白華在《美學散步》的用語來說，中國詩詞累見「飲吸無窮時空於自我，網羅山川大地於門戶」，加上禪道的超越自在，以及從花木鳥蟲及丘壑中發現的無限，盆景所和合的大與小，中國人可以把持悠然意遠的生活態度，以及怡然自足的生命幸福。我們超脫時空而不出世，也不憧憬天堂的永生。我們講精神空靈，又踏實進取做人。我們以氣韻生動為理想，同時又珍重靜氣養生。

中國文化又講究「對內盡心」，作為與宇宙和諧的方法。孟子的《盡心上》說：「盡其心者，知其性也，知其性則知天矣。」朱熹說：「心包萬理，萬理具於一心。」兩者都說明心智之大，同時又說明知（cognition）、情（emotion）、意（expression）的整合和互動。這些方面（功能）的調和合作，在中華醫學及保健方法上都有突出的表現，對消除心理壓力和增強人體免疫功能，都相當有效。

盡心知天

現在，讓我們舉些詩詞的例子，說明詩人怎樣遊歷人

生，得失自用，並用無盡的美的意境，為大眾的生命添加姿采和幸福。

謝靈運《石壁粗舍作》

昏旦變氣候　山水含清暉
清暉能娛人　遊子憺忘歸
⋯⋯
慮澹物自輕　意愜理無違
寄言攝生客　試用此道推

這首詩寫大自然的靜定境界，融山水佛理於一爐。詩人描寫大自然的美，揉合着出世修行的妙用，不言佛家說教工辭，卻在字裡行間隱透着佛家哲理。詩人不提自己有何作為，只說大自然無盡安慰人心的動功。

陰鏗《江津送劉光祿不及》

依然臨江渚　長望倚河津
鼓聲隨聽絕　帆勢與雲鄰
泊處空餘鳥　離亭已散人
林寒正下葉　釣晚欲收綸
如何相背遠　江漢與城闉

陰鏗是南朝詩人，他善用描寫大自然景況的「狀況語」，寫時空的變化如何衝擊人的情緒，把人與大自然的關係拉得貼切，不分彼此。詩人抒發自己的情緒，不分虛實。讀者只要低吟數遍，即可融入詩境，感染到詩人當時的情緒和心願。詩中不見有人出現，但是存在人的強烈氣息，從此刻直至無限期。

禪境入詩

寒山《杳杳寒山道》

杳杳寒山道　落落冷澗濱
啾啾常有鳥　寂寂更無人
淅淅風吹面　紛紛雪積身
朝朝不見日　歲歲不知春

　　詩人寒山在這首詩中巧妙地運用自己的名號與天台山的契合，比喻理想的虛清勝境，生動地說明悟道的路途遙遠，求道的進程緩慢。一個人雖經過年年月月的索求，佛道依然朦朧不清。

　　寒山是一位十分特殊的和尚。他真人不露相，長年在清國寺裡負責燒火，自顧修行。不料，台州來了一位新刺史，名叫閭丘胤。他患頭痛病累醫不治，卻被一位名豐干的和尚治好了。閒談中，豐干告知他，國清寺裡住着高僧寒山，傳說是文殊菩薩的化身。閭氏專門帶着厚禮前去拜訪。但寒山一見有官來了，便回頭奔歸山岩深處，並用大石把洞門閉為絕壁。後來，閭刺史帶人遍地搜尋寒山，不見他的踪跡，只見山後的竹、木和石壁都寫了不少詩篇。他差人細心抄了留存下來，共有三百多首。

　　寒山的詩冷清無俗，不有半點塵迷。他有一首詩說：「有路不通世，無心孰可攀？石牀孤夜坐，圓月上寒山。」真是空靈神逸。

知生敬命

愛生求知

在心理學架構中，恐懼和好奇都是崇高的來源。人恐怕未知或神秘的東西，因為不知而感到不安。但是，人又好奇，明知為了求知不知的，或者揭開神秘，都有風險，都必須深入其境，面對新象。所以恐懼和好奇互相對立，只有「知」可以解決一切。

有人說，崇高生自人與大自然的鬥爭。人是通過把握自然來宣告自己獨立自主的。但是，人不僅僅滿足於把握自然，他更要挑戰自然的奧秘。完成了，他才怡然自得，滿足安心。

人類從成為人之初便關心自己。就在這種關懷之中，人們發現，原來要給人生加上劃一的意義是不可能的，因為這些意義並不存在。這一發現令人非常苦惱。從古到今，人們都極力要解除這種苦。現代西方的存在主義給這種意願和努力冠上「荒誕」的名字。在中國，老莊早就用「虛靜」之心來解決這一問題了。

莊子在《天運》裡問：宇宙有主宰者嗎？萬物有目的嗎？人可有知嗎？變是甚麼？「天其運乎？地其處乎？日月其爭於所乎？孰主張是？孰綱維是？……雲者為雨乎？雨者為雲乎？」

莊子又在《至樂》問：人生有絕對的快樂嗎？能夠長

久留存嗎？到哪裡可以尋着？「天下有至樂無有哉？有可以活身者無有哉？今奚為奚據？奚避奚處？奚就奚去？奚樂奚惡？」

莊子之所以要問這些問題，不單因為他好奇，而因為他是人。諾貝爾文學獎桂冠作家加繆（AlbertCamus）對此解釋得很明白。他說：「判斷人是否值得生存，人為何一定要知，就是回答哲學的基本問題……我看見許多人因為感到活下去沒有價值而死了，所以我斷定，人生的意義是最緊迫的問題。」（《西緒福斯神話》〔The Myth of Sisyphus〕）。

知而不知

莊子相信命運，因為它是宇宙自然運行的一個組成部份。命運支配着人，而不是人支配命運的。他在《德充符》裡說：「死生存亡，窮達貧富，賢與不肖，毀譽，飢渴寒暑，是事之變，命之行也。日夜相代乎前，而知不能規乎其始者也。」

即是說，連人的智慧也無濟於事，因為宇宙人生，根本就是不可以認識的。人是通過感知器官認識世界的，很有局限。

莊子在《養生主》裡斷言：「吾生也有涯，而知也無涯。以有涯隨無涯，殆已！已而為知者，殆而已矣！」況且，人所創造的認識工具，不過是邏輯和語言。而邏輯是分割事物的，語言則概括和抽象。兩者合起來都不可能把握事物的全貌和整體。莊子在《天下》裡總結，「判天地之美，析萬物之理，察古人之全，寡能備於天地之美，稱神明之容。」一句話，莊子不認為人有能力認識世界人生。

這些說法很受西方知識份子欣賞，尤其在二十世紀下半段的時候。二次世界大戰叫人親睹戰爭的殘酷，引生絕望。存在主義提出人就是荒誕，更迎合了一代人的精神失落。在

西方的傳統信念中，人的意義和能力都是上帝所派生和支配的。而萬能的上帝竟看着戰爭而不救，人還可以做甚麼？還值得做甚麼？在那數十年間，西方大學裡所討論的，就是如何解決這種生存的荒誕，學習中國哲學家莊子的虛無。

恬淡自助

　　西方人的絕望與無助，主要認為主宰宇宙的上帝「敗了」（failed）他們。二次大戰那場悲劇，用加繆的話說，「連佈景都倒塌了」。

　　可幸，老莊思想所哺育出的中國人，執着足球比賽的規矩，每逢人生的緊張關頭，就把球踢出場外，爭取一個新場面。這種思想行動，為荒誕的人世創造了人世之外的「至樂」和「至美」的天地。中國人有天和自然，兩者都在界外，又由人自己去把握，既然不依賴上帝，也不怨上帝「不顧」了。

　　踢球到場外不是為了「贏波」（勝賽），而是放開一時的賽事，重新組織「踢法」，開拓新的局面。老子說：「為者敗之，執者失之。是以聖人無為故無敗，無執故無失。」

　　《莊子・刻意》補充說：「夫恬淡、寂寞、虛無、無為，此天地之本而道德之質也。故聖人休焉，休則平易矣，平易則恬淡矣。平易恬淡，則憂患不能入，邪氣不能襲，故其德全而神不虧。」

　　於是，中國歷代詩人就抓住這種恬淡的人生態度，創作出撫慰苦難失望生命的悲劇，為人生創造意義，敍寫人與自然的和諧共相生息的場內美景。宋代的李塗在《文章精義》中主張：「做大文字，須放胸襟如太虛始得。太虛何心哉？輕清之氣旋轉乎外，而山川之流峙，草木之榮華，禽獸昆蟲之飛躍，游乎重濁渣滓之中，而莫覺其所以然之故。」就是說，我們要接受奇妙之事，悠然自在。

　　詩人要寫成不朽之作，必須盡棄胸中渣滓，順乎自然，方可達到天機自動、天籟和鳴的境界。陶淵明是表現這種以物觀物和無我境界的表表者。

《讀孟夏草木長》

孟夏草木長　　繞屋樹扶疏
眾鳥欣有托　　吾亦愛吾廬
微雨從東來　　好風與之俱
俯仰終宇宙　　不樂復何如

　　作者從古代的神話傳說中悟出做人自得其樂的智慧，在詩句中自然流露，沒有雕鑿痕跡。他著名的《飲酒》詩，作於公元405年，表明他嚮往大自然中的田園生活，棄官從之。全組詩有二十首，此為其五：

結廬在人境　　而無車馬喧
問君何能爾　　心遠地自偏
採菊東籬下　　悠然見南山
山氣日夕佳　　飛鳥相與還
此中有真意　　欲辯已忘言

行樂知歸

　　像陶淵明這樣置身俗世之外而融入大自然的生活，不免有點消極（對社會言）。其實，他仍然忘不了朋友和社會責任，也忘不了死亡對人的威迫。在他的《人生無根蒂》五言詩中，他表現出博愛精神之餘，更說明與朋友共同及時行樂的重要。詩云：

落地為兄弟　　何必骨肉親
　　……

盛年不重來　一日難再晨
及時當勉勵　歲月不待人

最能表現陶淵明與大自然同化的，是他對死亡的徹悟。
他說，一個人死了可以「托體同山阿」，就像歸家一樣，心
中蓄着感激。《擬挽歌詞》五言詩寫於427年。詩人於415年
生病，自知生命有限，就用詩總結對生命的看法。全詩共三
首，其中有「但恨在世時，飲酒不得足」句，故意把死看作
「未曾飲夠酒」的戲言。其實，「托體同山阿」才是曠達豪
言。詩云：

有生必有死　早終非命促
千秋萬歲後　誰知榮與辱
親戚或餘悲　他人亦已歌
死去何所道　托體同山阿

安對天命

無我的審美觀態，當然以「莊生夢蝶」為典故。「無我
者」以主體純然虛無恬淡，會通大自然的悠然生機，直達樂
天境界。愛詩人多數推王維的詩最能表示物我通明的心意，
如《漢江臨眺》和《鳥鳴澗》。我覺得謝靈運和謝朓的詩
作，亦有異曲同工之效。茲列在這裡讓讀者自己比較欣賞：

王維《漢江臨眺》

江流天地外　山色有無中

王維《鳥鳴澗》

人閒桂花落　夜靜春山空
月出驚山鳥　時鳴春澗中

謝靈運《登江中孤嶼》

亂流趨正絕　孤嶼媚中川
雲日相輝映　空水共澄鮮

謝朓《遊東田》

戚戚苦無悰　携手共行樂
尋雲陟累榭　隨山望菌閣
遠樹暖阡阡　生煙紛漠漠
魚戲新荷動　鳥散餘花落
不對芳春酒　還望青山郭

　　中華文化以「廣大和諧」為最高生命理想，藝術家着意以虛靈之心去體味虛無之道，努力創造出能夠「擬太虛之體」和「涵天地之心」的作品。這種藝術精神同樣感染詩人和賞詩者，給兩者的人生安置一條融入宇宙自然「大生命」的理想通途，取得自由和解脫。

高歌稱心

亂世音樂家

生長在大時代的詩人，不論生活閱歷，或者情感所受的多元刺激，都豐富他的經驗，充足他的心智，更拓闊他的幻想，讓他執筆騰飛，盡敍崇高。

姜夔生長於國家動盪的南宋，精通音律，對復興國樂很有抱負。他曾於1197年向朝廷上呈《大樂議》和《琴瑟考古圖》，建議國家整理國樂，可惜不獲識拔。那時他已是四十三歲的中年人了。他是一個沒有謀生能力的人，只憑着他的才華，被詩人如楊萬里的賞識，支持他的生活。他布衣終生，在輾轉漂流中離開人世。

姜夔多才多藝，詩詞和書法都很獨到。楊萬里評他的詩詞，譽他為南宋文林中的先鋒。楊說：「尤蕭范陸四詩翁，此後誰當第一功？新拜南湖為上將，更推白石（姜夔）作先鋒。」所以，後人公認，他是騷雅詞派的「一代翹楚」。他的詞境清空、幽韻、冷香、疏宕，致使有人說他「情淺」。試看他二十多歲時寫的《揚州慢》：

> 淮左名都　竹西佳處　解鞍少駐初程
> 過春風十里　盡薺麥青青
> 自胡馬窺江去後　廢池喬木　猶厭言兵
> 漸黃昏　清角吹寒　都在空城
>
> 杜郎俊賞　算而今　重到須驚

縱豆蔻詞工　青樓夢好　難賦深情
二十四橋仍在　波心蕩　冷月無聲
念橋邊紅藥　年年知為誰生

今天，稍有歷史常識的人都知道，揚州曾是盛極一時的古都，人文薈萃，文化氣息甚高。二十多歲的窮詩人是飽學之士，而且是敏感的音樂家，他從北方逃難到南方，第一站經過揚州，目睹一片荒涼，更想起路上沒有人理會的野生喬麥，感慨今昔，寫下這首慢板詞。

冷月無聲

我們欣賞此詞，只要解決幾個典故，然後悠悠地輕聲慢吟，即可意入神會，感覺到被敵人劫後的國家悲愴，生逢亂世中人民的無奈和憤慨，對祖國遇難的一份長情關懷。

這首詞寫於1176年前後。在此之前，宋朝經過金兵多次南侵，中原板蕩，揚州首當其衝，人們都逃離他去了。

頭三句交代得很俐落。歷史上迷人繁盛的古都，竹西寺的幽媚風采，我在嚮往中來到這個夢寐以求的地方暫時停下。但是，十里路以來，我看到的是那破敗麥田的淒涼景象，想起杜牧兩句詩所說的揚州的旖旎風光：「春風十里揚州路，捲上珠簾總不如。」比對之下，我嘆息山河破碎，王朝殘喘的悲傷。聽，那廢池旁邊的大樹，亦厭倦聽人提起兵爭的事，可以想像，老百姓對戰爭的恐懼和厭惡，更不必說了。入夜，空城裡仍然傳出迴盪着的號角，提醒我們，戰事正在持續不斷。

下片寫詩人自己的感受。他知道杜牧最愛揚州，心中輕念他說過的「落魄江湖載酒行，楚腰纖細掌中輕。十年一覺揚州夢，贏得青樓薄倖名。」《遣懷》詩意。詩人用杜牧的見證來揭示如今揚州的滄桑。「算而今、重到須驚」的驚

字，一方面推想，假如杜牧今天到了揚州會感到如何驚奇。另一方面，又通過人物的對比，說明自己設身處地，感到震撼。

二十四橋仍在，橋下的流水依然蕩漾，但是水中的冷月對於眼前的景況，只是「無聲」，叫人尋味無窮。最後，詩人靜靜冥思，橋邊的大紅芍藥花年年盛開，再無人欣賞，不知何苦來呢？或者，花有所屬，花為新人而開？新人將會是誰？

自由崇高

張炎在《詞源》裡說：「**姜白石詞如野雲孤飛，去留無迹**。」正好說明這位在仕途上失敗的才子，獨來獨往，嘯傲山川。他雖然持着閒雲野鶴的生命態度，卻仍然不脫中國知識份子的本性，悲憫情懷，憂國憂民，極想為大局奉獻一點甚麼。我們今天回顧，他的最大貢獻就在文學和自由思想。

中國古典美學不講究系統的崇高理論，只求崇高從心靈反映出來，折射在人格的美善親和，山川原野的壯麗遼闊，時間的長久延續，動力的剛柔收放，色調的絢麗燦爛，平台的穩固高築，以及個體對生命把握自如。這些都在姜白石短短的《點絳唇》可以見着：

燕雁無心　太湖西畔隨雲去
數峰清苦　商略黃昏雨

第四橋邊　擬共天隨住
今何許　憑欄懷古　殘柳參差舞

天邊的候鳥悠悠飛翔，跟着白雲西去，自由自在，運動隨緣。陶淵明詩云：「雲無心以出岫，鳥倦飛而知還。」說明逍遙適性的生活，多麼高超飄逸，自然有得。

　　從天到地，詩人關注現實中的掙扎與籌謀，矛盾頓生。鬱鬱蒼蒼的山峰，原本烽煙妙麗，卻躊躇着，是否應該迎接黃昏細雨。

　　下半闋詞寫詩人的感傷情懷，他對隱逸生活的憧憬。第四橋是隱居勝地，在吳江城郊，常見天隨子，即唐朝的陸龜蒙出沒其間，放扁舟，掛篷席，疊束書，燒茶灶，弄釣遊玩。白石以陸天隨自比，嚮往隱居生活。

　　但是，筆鋒驟轉，詩人從幻夢中驚覺，「今何許？」不但天隨子早已不在人間，不能與他同住。而且，詩人暗自詰問，「我可以放下國破人殃的大難而不顧嗎？」，「我可以自私地逃避人間嗎？」

　　詩人依着欄杆思古析今，導情入景，考慮到南宋國勢垂危，人心徬徨，就像冬日的殘柳亂枝在迎風狂舞，排列不知脈絡的氣勢。讀完全詞，讀者只能神入詩人的入世遐思，他心底下的對他人的殷切關懷，他的崇高志願。

孔聖聽歌

古時中國的音樂十分進步和普及，是人們文化生活的重要部份。

考究歷史，孔子在齊國聽完《韶樂》，沉醉得「三月不知肉味」。他承傳了殷、商、周的智慧，重視文藝的社會，主張用禮、樂、文（詩）來維持社會秩序。他說：「詩，可以興，可以觀，可以群，可以怨。」深悉人的和諧關係由情主導。

興、觀、群、怨各有特定的意義。但是，孔子深信，學詩和吟詩，可以誘導學生怎樣做好人。《論語》寫夫子教學，幾乎每說一理，即引述古詩說明，可知古詩的智慧早成體系。孔子視詩為最佳教材，創下「不學詩，無以言」的教育理論。

中華交響樂

莊子也酷愛音樂。可惜他那時的音樂，今已蕩然無存。不過，在《莊子‧天運》裡，有一段四百零三字的敍述，詳細說明名曲《咸池》的公演盛況，大意是：演奏在洞庭曠野中舉行，序曲鐘鼓齊鳴，樂聲迅雷驟起，使北門成即時驚心動魂，一種精神享受的興奮，壯美激動。接着，樂聲由疾轉緩，使人心理變化，即如大雷雨過後，大地一片怡和，有人在田野間歡呼起舞。山谷回音，小溪輕吟，在人們內心引生

一種「怠」的感覺。這時候，「天樂」出現了。它兼容天、地、人之德，蕩蕩然然，使聽眾「動於無方，居於窈冥」，「或謂之死，或謂之生」，「口不能言，神不能定……聞之而惑」，進入忘我無為的化境。這樣的音樂，難道是日後貝多芬《田園交響曲》的前身？

天風海雨

唐宋年間，文化發展到新的高度，詩人輩出，新詩體爭現，社會上唱詞、唱曲、吟詩的風氣，十分普遍。俞文豹的《吹劍錄》說：蘇軾有一天在翰林院遇見一位精通音律又善吟唱的幕士，問他是否唱過柳永和他自己的詞，請他評價。

幕士說：「柳永的『楊柳岸、曉風殘月』只宜由十七、八歲的女孩兒輕敲紅牙板去唱。」

蘇軾聽了大感興趣，請幕士快說下去。後者說：「吟唱學士的詞，需要由像我的關西大漢，重擊鐵板，放聲高唱『大江東去，浪淘盡，千古風流人物』。我每唱到曲終，即感到天風海雨逼人而來。」這故事說明，古人誦唱詩詞，都有一定的審美標準，音樂配合文字的內容。可惜，古樂遺傳至今的，鳳毛麟角。

古樂隨人去

為何於古時如是普遍發達的中樂，今天卻不見廣泛流傳呢？事實上，中國教育仿傚西方以來，傳統音樂早已被擠出門外，失去它應有的地位。

此外，古代音樂家亦有責任。試看《晉書‧嵇康傳》所載的故事：三國末年，司馬昭謀位，以高官厚祿招攬心腹。他看中精通文藝的嵇康，差人請他出任吏部尚書，受到憤然拒絕。不久，嵇康的好友呂安遭朝廷誣告，控以不孝順父

母之罪。嵇康見義勇為,為朋友辯護。結果,兩人同被判斬首。行刑那天,三千多名太學生到場抗議,並求拜嵇康為師。他感動了,拿出心愛的古琴,當眾彈了一曲《廣陵散》,感慨地說:「我曾於洛水得異人傳授此曲,它歌頌聶政刺殺韓王的義舉,音節激昂悲壯,我至今尚未教給任何人。現在我彈它與各位分享,答謝厚愛,可惜它將隨我被斬而斷絕了。」

新曲古詞

　　二十世紀初的五十年間,學西樂的中國音樂家,喜歡為傳統詩詞譜曲。他們的作品成為當時的流行歌曲,很受大眾愛戴。在十多首這樣的「時代曲」之中,也許最為人熟悉的是《滿江紅》:

> 怒髮衝冠　憑欄處　瀟瀟雨歇
> 抬望眼　仰天長嘯　壯懷激烈
> 三十功名塵與土　八千里路雲和月
> 莫等閒　白了少年頭　空悲切

　　在我成長的年代,岳飛這闋《滿江紅》被編入課本,所以有機會讀書的青年都能背誦。在抗日年代,人們對於抗敵保家的激昂詞句,每唱起來必然熱血騰胸。

　　岳飛吟詩填詞皆情出肺腑,衝口而出,其意明白如話,自然、真摯。他的作品正如蘇軾所說:「衝口出常言,法度法前軌,人言非妙處,妙處在於是。」詩詞以外,岳飛的書法亦十分秀麗瀟灑。他十九歲從軍,他的文學、音律和書法成就,皆是幼年根基穩健所生成的。有一天,當史家客觀地翻修歷史,避開那漢族獨尊的偏見,我們或許不再執稱岳飛為「民族英雄」,而有空間欣賞他那優卓的文藝成就。

美麗的時代曲

　　我喜歡的第二首時代曲，以宋朝李之儀的《卜算子》為歌詞。原作意境幽深雅麗，用字淺得和說話一樣，表示出愛人的不喻相思，誰唱着都會魂繫情牽：

　　　　我住長江頭　君住長江尾
　　　　日日思君不見君　共飲長江水
　　　　此水幾時休　此恨何時已
　　　　但願君心似我心　定不負相思意

　　我喜歡的第三首「時代曲」以曹雪芹的《紅豆詞》為名為詞。曹不算是一位著名的詞人。但是，《紅樓夢》載着黛玉葬花詞便有十多闋，均是充滿人生哲理的，如：試看春殘花漸落，便是紅顏老死時。一朝春盡紅顏老，花落人亡兩不知！

　　《紅豆詞》寫人對逝去的風光相思歎息，隱喻重疊，盡從唯美着筆。它的配曲旋律悠揚婉怨，扣人心絃。這首歌現在並不流行，但是愛歌者每有聽過它的，必然即時要學，因為它的旋律及歌詞都美極了：

　　　　滴不盡相思血淚拋紅豆
　　　　開不完春柳春花滿畫樓
　　　　睡不穩紗窗風雨黃昏後
　　　　忘不了新愁與舊愁
　　　　嚥不下玉粒金波噎滿喉
　　　　瞧不盡菱花鏡裡花容瘦
　　　　展不開眉頭　捱不明更漏
　　　　啊　恰似遮不住的青山隱隱
　　　　流不斷的綠水悠悠

　　我喜歡的「時代曲」，還有一首由郭沫若填詞的《湘

累》，同樣是曲美詞悠的。郭寫此詞時仍未涉入任何政治意態。他以屈原的湘君為主，以神秘浪漫的九嶷山和洞庭湖為背景，寫人們懷念那失去的由湘君代表的高貴癡情，纏綿中充滿寄望，不少人每唱起來都自然流淚。詞的上闋寫愛情堅貞的相思可比海枯石爛，但我愛下闋的無窮意境：

> 九嶷山上的白雲　有聚有消
> 洞庭湖中的流水　有汐有潮
> 我們心中的愁雲呀
> 我們眼中的淚濤呀
> 永遠不能消
> 永遠只是潮
> ⋯⋯
> 太陽照着洞庭波
> 我們魂兒戰慄不敢歌
> 待到日西斜
> 起看篁中作宵淚
> 已經開了花

高尚的承傳

星移日轉，歷史前進，每一代人都有自己的心聲和歌情。然而，文化的發展是承先啟後的，由一代人承接前人留下的有用經驗和高尚情操，以及黃金規範。這些文化傳統由文學和音樂記錄，便利隔代人薪火相傳，發揚光大，衍生整體文化。

在人類文明史上，文化的有效承傳是由教育推動的。新生代通過父母、家庭、學校、社區、傳媒所提供的教化認識自己，為自己嵌於鄉土文化脈絡中的身分感到自豪自在。心理研究認為，人要建立這種自豪自在意識，方能獨立主宰生命，進行建設性的工作和創造，給生命賦上意義。

現代著名兒童心理學家貝特爾海姆（Bruno Bettelheim）提供他的研究心得：「如果我們想知道生存的目的，而非因循過日，十分需要認識生命的意義……兒童必須一步步地從生長經驗中了解自己，從而了解他人，最後通過有滿足和有意義的交往，跟別人建立有效的關係……我長期致力尋找一些最能幫助幼兒尋得生命意義的生長經驗……我發現，父母的撫育最為重要，其次是文化承傳……對於幼兒來說，文學最能傳遞文化意義……而本土的童話與歌謠是最有效的媒介。」（《神話故事的意義與重要性》）

今天，每一個中國人都可以撫心自問：我有做好文化承傳的工作嗎？我有負起向下一代傳遞高尚的文化信息嗎？我有決心面對文化承傳的挑戰、認真做一個中國人嗎？一百多年以來，當中國農民和深山裡的少數民族高歌着傳統音律的同時，城市裡的讀書人積極地高叫出「全盤否定舊文化」的口號，然後又打着「不破不立」的旗號，肆意鏟除祖宗遺下的文化瑰寶。如今，我們幸見這些運動平靜下來，卻又見到不少父母愛子女心切，唯恐他們不能早日接軌世界，做一體化的世界公民，寧可犧牲母語學習，捨棄本土文學，極力從嬰兒時期開始，向子女灌輸外文、外國文化和生活意識。

不錯，今天的後現代現實，正以不容拒抗的科技及社會動力，塑造人的狀況。這動力縱向地割斷歷史與文化的承傳，同時又橫向地疏隔家庭親友之間的倫常關係，把個人淪為孤單的個體。而且，信息異化了，大程度地服務經濟和政治利益，以萬能又遍在的超量資訊，佔領人們的時間和精力，讓許多人在「應付行為」中，失去主宰生命的權能與意志，十分無奈。

立志做中國人

然而，同樣的生活狀況孕育着積極的條件。今天，人們

比前人有更多的選擇，包括生兒育女、職業、生活模式、國籍及文化身分、信仰和生命意義。這些選擇並不完全自由，卻愈來愈不受強制了。如是，如果你決心要做一個中國人，立志承傳中華文化的尊貴傳統，你可以方便地發掘出古時的豐富詩詞歌曲，或者上世紀流行的時代曲，用來調節現代生活的無奈，讓自己的精神漫遊於飄逸清悠的意境中。

你可曾聽過拈花微笑的故事？或者希望與家人朋友溝通之時取得禪樣的默契？到了春天，如果你會歌詠「李白桃紅楊柳綠，天涯無處不春風」，或「綠樹交加山鳥啼，晴風蕩漾落花飛」，一定比較用污穢的「粗口」跟兒女說話，或用英文的「狗屎」來表示洋氣十足的自豪，更可以生活得高尚而心平氣和。

假如你愛聽今天流行勁歌那沉響而急速、反復迴轉的低音節奏，以及那上文不搭下語的歌詞，覺得這是無聊生活中的「良伴」，也許你會為了兒女的文化承傳，於忙碌中抓着一陣寧靜，輕誦幾首記憶中的詩歌：

陶淵明《飲酒・其五》

結廬在人境　而無車馬喧
問君何能爾　心遠地自偏
採菊東籬下　悠然見南山
山氣日夕佳　飛鳥相與還
此中有真意　欲辯已忘言

孟浩然《春曉》

春眠不覺曉　處處聞啼鳥
夜來風雨聲　花落知多少

《白雲守端禪師語錄》

聲聲解道不如歸　往往人心會者稀

滿目春山青水綠　更求何地可忘機

黃庭堅《登快閣》

癡兒了卻公家事　快閣東西倚晚晴
落木千山天遠大　澄江一道月分明
朱弦已為佳人絕　青眼聊因美酒橫
萬里歸船弄長笛　此心吾與白鷗盟

愛恨無窮

見雁頌情

　　詞家元遺山有一天看見獵人射死了一隻雁，其伴侶在空中悲鳴良久，毅然投地而死。他感動之餘，寫下《摸魚兒》這一篇膾炙人口、震撼人心的詞作。名句曰：

　　　　問世間　情是何物　直教生死相許

　　愛情的感覺不是筆墨所足以刻劃的，尤其是那種迫切的激動隨着時間而消失。《詩經•唐風•綢繆》表述了詩人的情感高潮，率直又清晰：

　　　　今夕何夕　見此良人
　　　　子兮子兮　如此良人何

　　詩人的愛情最纏綿委婉的，也許要算李清照和她的丈夫趙明誠。古人結婚鮮有先談戀愛的，愛情多數發生在結婚以後。李趙兩人的愛情，十分惹人羨慕。

　　李清照出生於宋代的仕宦世家，幼年即通文墨，稍長即能博古通今，詩才橫溢。她的愛情生活很理想，十八歲嫁入丞相之家，丈夫趙明誠是書畫金石的收藏家，夫妻感情很好。可惜好景不常，靖康之變把他們多年收集到的寶貴文物奪走了，使趙明誠於傷痛中身亡，留下女詩人孤身一人。李清照以詞寫情，悱惻纏綿、婉約細膩，經常用曲折含蓄的隱喻，抒發真摯深篤的愛，以及鬱積難消的相思，使人讀了震撼：

《訴衷情》

夜來沉醉卸妝遲　梅萼插殘枝
酒醒熏破春睡　夢遠不成歸

人悄悄　月依依　翠簾垂
更挼殘蕊　更捻餘香　更得些時

《孤雁兒》

藤牀紙帳朝眠起　說不盡　無佳思
沈香斷續玉爐寒　伴我情懷如水
笛聲三弄　梅心驚破　多少春情意

小風疏雨蕭蕭地　又催下　千行淚
吹簫人去玉樓空　腸斷與誰同倚
一枝折得　人間天上　沒個人堪寄

母子親情

　　母子之情是人間之愛的自然表現，亦是每一個人都必然有的經驗，寫於詩上最深切的莫過於孟郊的《遊子吟》。上世紀中葉，這首詩是三年級國文讀本的一課，曾感染過很多小讀者：

慈母手中線　遊子身上衣
臨行密密縫　意恐遲遲歸
誰言寸草心　報得三春暉

　　杜牧的《歸家》亦寫親情，表現出小兒的天真、含蓄，卻濃情滾滾滔滔，像洪波一樣澎湃流動：

稚子牽衣問　歸來何太遲

共誰爭歲月　贏得鬢邊絲

此情綿綿

在禮教嚴厲的古代封建環境裡，婚外情不受人接納。然而，不接納不等於它不會發生。只是，對於陷入這種愛情中的主人翁來說，煩惱要比今天多百倍千倍。他、她們很難抵抗社會及個人良心的責罰，唯一的選擇似乎是毅然與愛人決裂，儘管痛苦。

在許多寫沒有結果的愛情的詩中，也許張籍的《節婦吟》最纏綿而促人傷心：

君知妾有夫　贈妾雙明珠
感君纏綿意　繫在紅羅襦
妾家高樓連苑起　良人執戟光明裡
知君用心如日月　事夫誓擬同生死
還君明珠雙淚垂　恨不相逢未嫁時

此詩層次分明。首二句以第一人身說明少婦受着愛的迷惘，寓然接到愛情信物，藏在最貼身的內衣裡。第三句寫主人身處的現實。末二句反映衝擊個人抉擇的客觀和主觀因素。最後一句表白自己怎樣從感情的汪洋中游登現實堤岸，抱着不喻的愛和無盡追悔。詩人用字簡易，用意平凡。所以，自本詩出現至今的千多年間，連文盲人在內，真不知多少人曾經吟過「恨不相逢未嫁時」這一詩句。

漢字最妙

情文交切

　　劉勰談論文學作品，指出文章或詩詞講述感情的時候，都宜用多采多姿的手段處理內容，務使它辭采出色。人的感情世界紛紜複雜，而人與人之間的關係和客觀世界，又是如此變化多端。所以，作家要捕捉其中片段，並構成脈絡分明的圖像，只有運用巧妙的創造力量，表現藝術造工。

　　《文心雕龍》說：「故立文之道，其理有三：一曰形文，五色是也；二曰聲文，五音是也；三曰情文，五性是也。五色雜而成黼黻；五音比而成韶夏；五性發而為辭章，神理之數也。」我們暫時放下五色和五音不說，注意到劉勰把人性與情的收發連在一起，可謂深知心理學的道理也。作家行文，詩人吟詩，要是把情寫生了，足以叫人讀了「萬感交集，五中無主」的。文學作品的威力不但震撼人心，而且牽魂邁遠，長久不息。

　　古人觀察人與環境的互動引生情動，斷說：「人稟七情，應物斯感」，十分周全。人的七情包括喜、怒、哀、懼、愛、惡、欲，全部由人自己主宰收放。但是，人生活在大千世界裡，備受客觀環境的「外物」所影響。所以情文所生，既是主動，又是客觀影響所然。作家詩人站在第三者的立場寫情固然不易，站在第一者的立場寫情去感染讀者，同樣困難。劉勰提出這許多要求，一點也不誇張。

相思與離恨

　　中國詩詞着重表達人的情感，無論是單純的一時之感，或者發於複合時空內的人事情感，都可以用數十個字編織成文成詩，呈現一種兼顧形、音、文字的美像，震撼讀者心魂。

　　王建寫一位商人妻子等待丈夫歸來，守候在大河渡口，每次都不見人到，感到空虛失望。讀者在欣賞簡潔有力的文字之同時，可以想像，唱詞人用慢板配樂，一字一詞地唱出商婦的幽怨哀情：

《宮中調笑》

楊柳　楊柳　日暮白沙渡口

船頭江水茫茫　商人少婦斷腸

腸斷　腸斷　鷓鴣夜飛失伴

　　李煜的《清平樂》則寫跨過時空和涉及複雜公私人事的感情，維面重疊，體念真摯，生動自然，既貼身又概括普化。試看：

別來春半　觸目愁腸斷

砌下落梅如雪亂　拂了一身還滿

雁來音信無憑　路遙歸夢難成

離恨恰如春草　更行更遠還生

　　李煜是南唐的最後皇帝。他在位時，國家勢弱，叫他只能屈服在異族淫威之下，暫時偷安。不過，他最後還是在驚惶中投降了，變為新主的俘虜，過了三年屈辱的生活，最終被毒死了。那是978年的七月，他只有四十二歲。

　　作為一位詞人，他卻是十分出色的。他的詞由描繪客體事物變為主體抒情。王國維在《人間詞話》說：「詞至李後主而眼界始大，感慨遂深，遂變伶工之詞為士大夫之詞。」

在中國詞壇中，李煜佔領航的崇高地位。

上片寫他懷念的人和故國。他在生機勃勃的春天竟然只有哀傷，那痛苦如落梅亂雪，拂之不盡，纏滿一身。

下片把他的哀痛一節節地推深推遠。雁來沒有音訊，連歸家的夢也做不成，現實就更是渺茫了。最後兩句用春草比喻悠悠不絕的別恨，竟是生命中無處不在，死了又生，纏綿無盡。這首詞美在潔意幽思，情深馳遠，使人讀了不覺神入他心中的重重痛恨，卻平凡具體得像腳底下的春草。

我們比較上面兩種抒情詞，如果說第一種好比靈芝蜜棗湯，甘苦清香。那麼，後一種就像一碗鹿茸燉鮑魚雞羹，其味多層濃郁，其口感多樣而質厚。

相遇與相呼

複合式的抒情詩詞寫情，有悲喜交織的，有悲憤交集的，有豪邁衝擊淒怨的，有適意喜樂的，不一而足。有誰可以像五柳先生那樣，悠悠滿足，樂在其中，享受人生呢？像他表述在《移居》一詩中：

> 春秋多佳日　登高賦新詩
> 過門更相呼　有酒斟酌之

假如你曾經搬過家居，你一定會羨慕他可以放下瑣事，帶着閒情，登上附近的小山看景吟詩。然後，他見了新的鄰居，毫不感到陌生或猜疑，率直地邀大家一齊飲酒交歡。這種優遊自在的人生際遇，不正是現代人所追求和期待的嗎？

試看戀人相遇的喜悲，由張先據他自己的經驗，添上藝術造工寫成：

《謝池春慢》

> 繚牆重院　時聞有　啼鶯到

綉被掩餘寒　畫幕明新曉
朱檻連空闊　飛絮知多少
徑莎平　池水渺
日長風靜　花影閒相照

塵香拂馬　逢謝女　城南道
秀艷過施粉　多媚生輕笑
斗色鮮衣薄　碾玉雙蟬小
歡難偶　春過了
琵琶流怨　都入相思調

顯然，詞人張先只是一名單戀者。他終日想會見他傾心的名妓謝媚柳，好不容易親見她在身邊，被她的艷容震撼了，尤其是她那淺淺一笑。但是，回返生活現實，詩人意識到不可能與她歡偶，自己的一顆赤紅紅的心，便驟然從高崖降下。在這失落的時空之中，詞人記起謝美人那原是十分悅耳的琵琶聲音，亦變成綿綿思念的哀調。

笛歌與漁唱

壯美的詞，往往用輕輕的淡語，在深悄曲折的時空與人情的轉變中，鋪陳內心感受，語簡情深。試看陳與義的《臨江仙》：

憶昔午橋橋上飲　坐中都是豪英
長溝流月去無聲　杏花疏影裡　吹笛到天明

二十餘年如一夢　此身雖在堪驚
閒登小閣看新晴　古今多少事　漁唱起三更

這首詞附有一序，說明詞人曾經是徽宗皇帝賞識的才子，應召入朝侍君。所以，他結交了一批風流英豪，常在洛

陽的午橋相聚暢飲，享盡榮華。參加橋匯的文人雅士，多數才藝超凡，所以他們飽餐醉酒之餘，又通宵笛歌歡舞，十分愉快。

作者寫完這樣壯美的場面和私人經驗，用筆悄悄寫下一句「二十餘年如一夢」，便把那漫長的歲月，連帶當時靖康之變的亂世冗事，一抹棄盡。這是中國詩詞最美的特點。作者填下七個方塊字，便跨過數十年生命，順便涵蓋多少國家興衰大事。七個字組成一句，竟表達了如此壯闊深遂的事與情，真是妙絕。

丟開往事，詞人獨登小閣遙望前景，竟然感慨，自己雖然生命依然，卻經受着多少驚惶不安。他只好再放下個人的得失，置身歷史的無限時空，用「古今多少事」的寬闊胸襟，叫自己靜聽漁唱，沿着簡樸的生命管道，回歸幸福。這樣的幽意馳思，就是中國詩詞的渾深魅力。

誦詩修身

欣賞詩詞只有一個方法，就是反復吟誦，體會每字每句的情意，沉醉在作家巧妙地用字寫意、又意呈言中的藝術造工過程之中，神馳情投，彷彿是自己也做創造。這是一種高尚的享受，又是一種修養。

修身不一定依靠日誦經書，或者敲木念佛的，即使你是忙人，亦可於一星期中抽出兩、三天的片刻，燃着檀香，沖一壺清茶，坐下來默誦心愛的詩詞，樂在其中。

默讀詩詞可以引生謙卑，中國哲理中的崇高感的第一階段。謙卑致樂，始於孔子說的「知者樂水，仁者樂山」的領悟。人是合群的，他的道德品質和人格氣度都來自社會的仁心。他又是自然的，心理上的「暢神」感覺來自「澄懷味道」的崇高客體，一種理想境界。這就是樂，人生的崇高感覺。

　　不論是水是山，其內在精神都概括在「靜」之中。蘇軾說：「靜故了群動，空故納萬境」，充份表達了靜和空的審美味道。《禮記‧樂記》說：「人生而靜，天之性也。」請看儲光羲的詩，閉目靜思片刻，你可以融入詩人的時空境地，忘卻任何煩躁。

落日登高嶼　悠然望遠山
溪流碧水去　雲帶清陰還

動詞牽心

觀物悟德

中華文化素來不看重邏輯的思辨和分析，思想家在提出他們的道德主張之時，不作嚴謹的界定，比較喜歡用特定概念的「對應物」來說清意義。高尚人格的對應物有許多，松柏是其中之一。孔子（前551-前479）觀察大自然的物象，從「歲寒然後知松柏之後凋」，領悟出君子的堅強人格。

中華文化發展，在很長的一段時間內，思想家不但借助對樹木花草的觀察來思考自己的形象，更進一步以之為塑造自我形象的楷模。通過這種「比德」的方法，思想家放下單純的說理，不視松柏為類比的符號，而認之為人本質力量的象徵，將之內化。

正是依循這一觀物態度，屈原寫《橘頌》，描繪橘樹的枝葉花果的忠一個性。他又把「依微擬議」的「興」與「切類指事」的「比」融而為一，把君子的人格視為人的感性存在。換言之，君子不依靠聰明思想，或者科學分析而成為君子，他是有血有肉而由情感驅動行為的感性主體！

約三千年以後，有中國學者發現美國心理學家主張人的EQ（情感商數）發展，趨之若鶩。他們大事宣揚以後，叫企業家或政治人物都口掛EQ，不知這早就是中國文化裡的核心觀念。若說領導者不識文化，真是可惜可悲。

君子如香草

　　屈原在《離騷》中進一步開發君子人格是感性存在的審美思想，大量鋪陳香草桂木的美，並且讓香草成為連接他自己命運的靈物。這樣，香草的意象幾乎滲入了他生活的全部。他佩戴它，吃它，以它為被服，種植它，留連在它叢生的地方。依次唱着：

> 扈江離與闢芷兮　紉秋蘭以為佩
> 朝飲木蘭之墜露兮　夕餐秋菊之落英
> 製芰荷以為衣兮　集芙蓉以為裳
> 步余馬於蘭皋兮　馳椒丘且焉止息

　　屈原讓我們看見他的生活模式。他愛清潔，好修飾，喜歡生活在芬芳馥郁的環境裡。而他的君子人格是自強不息的，專一而忠貞，邁向高貴孕育的陽光。屈原又以「美人」自居，關心青春年華之可貴，恐懼衰老和時光流逝，為功業未成而迫切地憂傷。在他的時代，美人被公認為賢人聖者，理想的君王，當然也指美貌美德的女人。屈原說：

> 淚余若將不及兮　恐年歲之不吾與
> ……日月忽其不淹兮　春與秋其代序
> 惟草木之零落兮　恐美人之遲暮

君子顯高潔

　　在中華詩歌發展的長河中，更早的《詩經》就載着大量以草木起興的詩句，用烘托的手法突出草木所象徵的生氣、歡樂、和高潔自愛，借景物喚起人們的情感衝動。屈原以後，香草美人即成為詩人詠喻崇高人格和純美的生動符號。

　　只是，等到漢代儒家學者出現以後，君子的形象便有了

改變。他變成理性的道貌岸然的人物。當然，道貌岸然的人不必顯露情感，更不必從事勞動生產了，後來變為受眾攻擊的對象。

如今，我們知道這種攻擊不但過份誇張和偏執，而且流於簡單幼稚。我們需要積極地尋回君子的全面形象，因為他是我們教育後代的優秀人格的象徵。很多詩歌都直接或間接敍述君子的本質和美德，他的生活取向，以及他的生命態度。請看：

劉　楨《贈從弟》

亭亭山上松　瑟瑟谷中風
風聲一何盛　松枝一何勁
冰霜正慘凄　終歲常端正
豈不罹凝寒　松柏有本性

風雲而失端。詩人讚美堂弟可比松柏，同時亦勉勵他修養松柏那樣的人格。

潔白盈眾美

唐朝詩人武元衡（758–815）畢生從政，歷仕三朝，任宰相和劍南節度使，人生經驗十分豐富。他的詩平直又富於聯想，意境優美。最為人道的是下面的《贈道者》，又名《贈送》。詩云：

麻衣如雪一枝梅　笑掩微妝入夢來
若到越溪逢越女　紅蓮池裡白蓮開

詩人表露他十分傾心一位白衣女子，夢見她淡妝微笑，麗質天生。夢醒以後，詩人不禁浮想聯翩，着意描述她的美麗境界。他彷彿去到古時絕世美人西施浣紗的溪水，周圍開

滿了紅色艷麗的荷花，而他夢中的美女就亭立其中，一朵純白色的盛開荷花。

有詩評家認為武元衡的詩作內容空淺，不值一讀。他們討論的焦點錯了。實在，我們依循古代詩人以花草美人比德比美的習慣，可以猜出詩人在讚賞美好崇高的人格。他採用擬物和烘托的手法，把夢見的好像一枝梅那樣普通的美女，然後假設她生在美女如群的越溪，竟然玉立在眾花之中，以純白的絕美傲然挺立，不爭，不讓，任由人欣賞。

動詞生深意

有些詩純粹寫一種人與大自然融和的生活情調，不需涉及人格或審美的辨認，只是描摹物態風光的美，其中的活動超越時空與天地的分界，勾勒一幅人生勝事的絕美圖景，任讀者徘徊其間，選擇去留。

于良史《春山夜月》

春山多勝事　賞玩夜忘歸
掬水月在手　弄花香滿衣
興來無遠近　欲去惜芳菲
南望鳴鐘處　樓台深翠微

春天的山間有很多好玩的事，叫人身處其中，快樂得忘記歸家。這是詩人的聲明，亦是全詩的提綱挈領。怎樣的勝事竟然使人樂而忘歸呢？如果說得不夠生動豐富，全詩便變得龍頭蛇尾了，不堪一讀。

于良史運筆如環，自然圓合，筆觸稍動便點中讀者的神經，叫他神入山中的勝事。那裡，遊人只需悠悠地「掬水」「弄花」，天上的月亮便應聲着手，像仙子下凡一般落在手中。那一邊，指上玩弄的美麗花朵又連瓣帶香染滿衣襟，給

人留下滿身芬香異彩。人們玩耍一般是要舉手投足的，最好加上跳躍騰空的動作。但是，依照詩人的意想，一舉手便惹來這般興致，誰還管得夜深需要歸家？勝事就一筆說清了，滿滿的，生動的，幻想連篇。

　　我最欣賞古詩中出現的動詞。這一句十個字中的掬和弄，竟能夠招來月亮，香滿衣裳。而「在」字的前面自然需要一個「落」字作為不見的動詞，一如滿字需要一個撥字做助動詞一樣。不然，月亮又怎樣「在手」，香氣又如何滿衣？假如有人嘗試把這一句詩譯為英文，肯定不能用二十個字做得完美。中國古詩的清雅，畢竟是不易傳神地翻譯為外文的。

鐘鳴送歸家

　　那麼，既然詩人用第二句便掀起了高潮，接着的兩句便注定要失色了。不然，我們的詩人把時空旋轉一過，就進一步解釋了入夜忘歸的前因後果。詩中的主人來赴這山中的勝事，沒曾計較過路程的遠近。等到他決定離去，又怎樣捨得那芳菲氣氛？勝事所引起的歡樂與憂傷，畢竟無需細算的。

　　晚鐘響了，更帶出了幽深的美景悅意。在末句，中國文字動詞的魅力又像魔術的力量，甫出現便造生不知幾許意境，叫人眼花繚亂，尋味無窮。「南望鳴鐘處」的鳴字，驚動了遊人，放極了時間，喜悅了聽覺，更把主人的注意引向鐘鳴的住地。在那兒，一座幽靜的樓台深藏在層層青翠的樹林中，既遠又近，整幅有聲有形有色有意的美好畫面，一齊落入主人的心中，在那裡迴旋跳動，高低回響，一切歸於幽靜適心，牽動主人滿足地回到溫暖甜密的家。

　　你細讀此詩，可以體會得更多更多。

白居易住中外大學

多元思想

　　詩人白居易幼年即開始奉佛，長大後傾心禪宗。他一方面禮佛參禪，另一方面又熱衷官宦世事，追求物質享受。這是唐宋交接時期所容許的。他羨慕維摩詰的居士思想和生活模式，曾於詩中表示思想的多元化：

《贈朴直》

近歲將心地　回向南宗禪

《答戶部崔侍郎書》

身委逍遙篇　心付陀頭經

　　等到他遇上仕途坎坷，精神困擾之時，他又返回佛門求安，試圖遁入釋門，避世靜修。不過，這種矛盾卻幫他於現實危機生活中保持自身，安居祿位，直至終老。

杭州記憶

　　白氏於822至824年出任杭州刺史，後來又任蘇州刺史，到826年才返回洛陽。這段江南生活給他留下情牽魂繫的記

憶，教他品茗醉酒，給後人留下不少名詩。

《錢塘湖春行》

孤山寺北賈亭西　水面初平雲腳低
幾處早鶯爭暖樹　誰家新燕啄春泥
亂花漸欲迷人眼　淺草才能沒馬蹄
最愛湖東行不足　綠楊陰裡白沙堤

白居士於此詩中融情入景，帶着十分喜悅，描寫湖上早春的風光。他把目光專注於夾在裡外西湖之間的孤山上，然後慢慢移向浩瀚如煙的湖面，動作就像現代拍電影一樣，帶着觀眾隨他的意會而馳。然後，他總結半日遊程之所得，說明自己最愛又最留戀的，是那湖邊的白堤。在另一首《西湖留別》，白氏寫得最是明顯：「**處處回頭盡堪憐，就中難別是湖邊。**」亦即白堤所在的地方。

我則喜歡「亂花漸欲迷人眼，淺草才能沒馬蹄」兩句，因為這裡的時間感和動感都特別濃郁，好像詩人已經預見，有一天要回到那黃草綿綿的北國，那時對西湖的追憶，就以遊人騎馬輕踏湖邊的景象，最為依戀。據載，晚唐社會是如此昇華，輕騎春遊西湖成為風尚，還有甚麼比馬蹄沒入淺草的情景更為浪漫呢？

對於杭州這麼一個大都會，連日後來自意大利的馬可孛羅，也看的眼花繚亂，當年身任刺史的白居易又怎能忘懷？他的另一首《春題湖上》，寫情尤其殷切：

湖上春來似畫圖　亂峰圍繞水平鋪
松排山面千重翠　月點波心一顆珠
碧毬線頭抽早稻　青羅裙帶展新蒲
未能拋得杭州去　一半勾留是此湖

品茗醉酒

在杭州待了近三年，白居易當然懂得一早享受清茗，從清涼致遠的情調中，求取恬淡平和之心。他在《食後》詩說：

> 食罷一覺睡　起來兩甌茶
> 舉頭看日影　已復西南斜
> 東山惜日促　慵人厭年賒
> 無憂無樂者　長短任生涯

品茗與喝酒這兩回事絕然不同，一靜一動，一熱一涼。然而，詩人嗜酒是天經地義的事，熱愛享受的白居易又怎能例外？嗜酒的人多愛誇張，既然詩不忌誇張，就為醉酒加添不少幽趣。

《卯時酒》

> 佛法贊醍醐　仙方夸沆瀣
> 未如卯時酒　神速功力倍

《醉吟》

> 空王百法學未得　姹女丹砂燒即飛
> 事事無成身老也　醉鄉不去欲何歸

詩多意廣

白居易眷戀杭州西湖，因為他在那裡享盡江南風景，名茶、美酒，更有痴情的妓女。

作為詩人，他是唐朝最多產的，共作詩三千多首，題材廣闊。他的詩在日本流行，被引入《源氏物語》裡，成為日

本文學的經典，影響至今。他又是新樂府運動的倡導者，在音韻和詩的藝術理論上貢獻良多。

　　白氏於公元800年中進士，曾官翰林學士、贊善大夫和太子少傅。武宗時更以刑部尚書致仕，雖然中間不免波節，但是仍然能夠安居祿位終年，不可多得。

　　一般人欣賞他樂天安命的修為。這是因為他馳繫佛典又不離塵染，公開地追求人間愉悅。他甚至按照個人的趣旨來解釋佛道，膽敢剪裁佛義，以確定人生取向和生活方式。

　　白居易的詩，題材廣闊，內容豐富，感情溢瀉，形象分明，文辭流麗，韻律和諧，使人讀了愛互相傳誦。

《賦得古原早送別》

離離原上草　一歲一枯榮
野火燒不盡　春風吹又生

白詩成學問

　　白詩亦反映民間疾苦，揭發社會的黑暗與不公平，統治者的荒淫殘暴。站在平民的一邊，他表現出憐憫與同情。

《琵琶行》

我聞琵琶已嘆息　又聞此語重唧唧
同是天涯淪落人　相逢何必曾相識

　　因為他的詩內容廣闊，藝術造工清新，吸引到外國學者對之作專題研究。他們寄望尋出，是甚麼因素，使到一個寫《花非花》、《錢塘湖春行》和《憶江南》的詩人，又能夠創作出《賣炭翁》、《縛戎人》、《秦婦吟》和《長恨歌》這樣氣魄磅礴的長篇敍事詩。例如：

《長恨歌》

七月七日長生殿　夜半無人私語時
在天願作比翼鳥　在地願為連理枝
天長地久有時盡　此恨綿綿無盡期

悲情向詩訴

詩人感情汪洋四溢，遇到骨肉分離，悲痛欲絕，他即向詩中訴洩：

《望月有感》

弔影分為千里雁　辭根散作九秋蓬
共看明月應垂淚　一夜鄉心五處同

白樂天亦不免寂寞孤單，讓他感到惆悵與無奈。他用詩申訴：

《後宮詞》

淚濕羅巾夢不成　夜深前殿按歌聲
紅顏未老恩先斷　斜倚熏籠坐到明

《晝臥》

抱枕無言語　空房獨悄然
誰知盡日臥　非病亦非眠

醉飲人生

古今詩人同醉

詩人飲酒志在瀟灑自由，無所拘束，亦不計後果，即如李白說的「人生得意需盡歡，莫使金樽空對月」。這種豪情早在《古詩十九首》就十分明顯了：

> 人生天地間　忽如遠行客
> 斗酒相娛樂　聊厚不為薄
> 服食求神仙　多為藥所誤
> 不如飲美酒　被服紈與素

醉是明顯的生理現象，一個人醉了，輕微者把一切事物人情都看得朦朧，沉重的乾脆不省人事，甚麼都不知曉。但是，從心理看，醉並不這麼簡單，因為，由清醒進入爛醉的過程很長，可以發生很多事情和幻想。是這麼一個過程，促使詩人愛醉，同時藉着它發揮奇妙的創造。

醉樂何如

我國的名醉家，晉代詩人劉伶寫醉的樂趣，十分具體親切。他在《酒德頌》說：「先生於是方捧罌承槽，銜杯漱醪，奮髯箕踞，枕麴藉糟，無思無慮，其樂陶陶。兀然而醉，豁爾而醒。靜聽不聞雷霆之聲，熟視不睹泰山之形。不

覺寒暑之切肌，利欲之感情。俯觀萬物，擾擾焉若江漢之載浮萍⋯⋯」

醉後的詩人特別能夠作詩，也愛作詩。原因簡單，詩人飲酒之時，整個人的情緒都即時亢奮起來，各種大小事情都變得敏銳清明了。更為重要，幾杯落肚，詩人平日所有的任何畏忌都給驅散了，可以暢言發揮。

唐溫如不是很著名的詩人。但是，他一首寫於洞庭湖的《題龍陽青草湖》，卻把他的名字刻在詩藝的凌煙閣上。請看：

> 西風吹老洞庭波　一夜湘君白髮多
> 醉後不知天在水　滿船清夢壓星河

有甚麼可媲美詩人悠閒地坐在船上，從早到晚，一面飲酒；一面欣賞着洞庭湖的風光。清醒之時馳想湘夫人的浪漫哀怨之情，醉了，就於浩瀚的湖面，看到銀河倒映在湖中，而身邊的船正停泊在銀河中，周圍星光燦爛，染上童話般的幻想。深秋了，草木飄搖，勁風催暮，年輕的美人不再，詩人又怎能不感到遲暮？不過，醉眼所見的景物惝恍迷離，叫詩人享受着一份擺脫塵囂的愉悅！

詩酒豪情

詩人多數嗜酒、識酒。酒客卻未必愛詩、懂詩。此情大概古今如一。你能不為黃景仁這樣的豪情而傾心嗎？他說：

> 安得長江變春酒　使我生死相依之

請再看杜甫在《酒中八仙歌》中怎樣形容豪飲的：

> 知章騎馬似乘船　眼花落井水底眠
> 汝陽三斗始朝天　道逢麴車口流涎
> 恨不移封向酒泉　左相日興費萬錢

飲如長鯨吸百川　銜杯樂聖稱避賢

享酒樂詩

《詩經‧小雅‧鹿鳴》敘述，遠古時代，風雅之士以酒讌客作樂的情景，似乎是我國最早以詩述酒的記錄：

> 我有嘉賓　鼓瑟吹笙
> 我有旨酒　嘉賓式燕以敖
> 我有旨酒　以燕樂嘉賓之心

《呂氏春秋》載，在戰國時期，「臨戰，司馬子反渴而求飲，豎陽谷操黍酒而進之」。《楚辭‧招魂》有「酎飲盡歡，樂先故些」的描寫。屈原的《九歌》曰：

> 蕙肴蒸兮蘭藉　奠桂酒兮椒漿

陸游的《劍南詩稿》寫飲酒、美食、唱歌，生動而有色有香：

> 黍醅新壓野雞肥　茆店酣歌送落暉

到了唐代，詩與酒大興，連皇帝也禁不住以酒來戲弄詩人了。據孟棨的《本事詩‧高逸第三》所述，皇帝飲酒聽歌看舞，不夠痛快，感喟「對此良辰美景，豈可獨以聲伎為樂」。於是，他就命人把早已醉得頹然的李白請來，迫他即席作十首五言律詩。

李白以「醉仙」著稱，豈容他人難倒？他說了一句「倘陛下賜臣無畏，始可盡臣薄技」，說罷便執筆飛書，不一剎那便完成任務。真是：「取筆抒思，略不停綴，十篇立就，更無加點。」多麼瀟灑！

這當然是傳說，不然，那十首詩得以留傳，我們就有福氣了。

醉的讚歌

　　詩與酒緣的系統敍事源於古印度。印度的雅語佛教文學，典籍浩瀚，小乘與大乘之間的作品，不可勝數，其中吠陀文學的最古詩篇是《梨俱吠陀》（Rig-Veda）。這些讚頌詩在約四千年前為吠陀們傳誦，後來經過選擇，編整成為《贊誦明論》，分為十卷，共載一千零二十八首詩。第九卷全是讚頌蘇摩（Sama）的詩篇，啟開了詩酒緣。

　　蘇摩是佛經稱為「悅意花」的植物，用來製酒，是天神的飲品，凡人飲了可以長生不老（大概嫦娥偷飲的就是此物？）。蘇摩生長在天堂，給鷹帶到世上，人們用石頭搗爛，把液汁過濾倒入木桶成酒。在祭神的時候，人們把蘇摩汁倒在神聖的草地上，獻給諸神。同時唱出讚頌的詩歌。後來，蘇摩又變為月神，受人拜祭。這樣，酒、詩、月就結為一體，在人們的想像中流傳至今。

　　諸神中最受敬愛的是雷神。他射穿雲層，使甘霖遍澤大地，潤生萬物。所以，人們讚頌他的時候，一面獻上蘇摩，一面歌唱。這些詩歌很美，我略譯兩段，述說水、酒、詩、神結緣的傳統：

《贊誦明論》

天地承認他的權威
戰慄的山河向他敬禮
霹靂的主者
獻給他祭祀的神釀
他接受這蘇摩
聽我這首歌

＊　＊　＊

釀着鮮美的蘇摩

灌着淳厚的旨酒
他給我們的祈禱賜福
幫助吟詩的歌者
他接受這蘇摩
聽我這首歌

醉為何事？

詩人尼采在《悲劇的誕生》說：「當原始人頌詩時，他提起的那種麻醉飲料威力出現，當春天的太陽照耀欣欣向榮的萬物，酒神的激情就會蘇醒，催促主觀，化入渾然忘我之境。」他又說：「為了藝術的生存，為了任何一種審美行為的存在，一種心理前提不可或缺，它就是醉。」

為了緣份，詩人把酒和喝酒作為寫詩的主題，百用不厭。酒掌握在詩人的手裡和心中，顯現出多少變化不同的深刻情意！據統計，杜甫詩「含酒味兒」的有三百首，李白有一百七十首，陸游的酒詩為宋詩之最，蘇東坡不但嗜酒被稱為一絕，而且是釀酒專家，其《東坡酒經》至今仍保持着權威。

說詩酒緣，不能不提李太白。他一生酒醉寫詩，寫盡人間歡樂與悲愁：

《宣州謝眺樓餞別校書叔雲》

長風萬里送秋雁　對此可以酣高樓
⋯⋯
抽刀斷水水更流　舉杯銷愁愁更愁

《山中與幽人對酌》

兩人對酌山花開　一杯一杯復一杯
我醉欲眠君且去　明朝有意抱琴來

多麼自由灑脫的性格，多麼坦誠信任的友情！古詩藉
着方塊字特有的形聲組織，用廿八個字就說出如此深雋的心
意。

詩酒人生

一般說，中國詩人，不論家庭背景，都自成階級，鮮有
與平民百姓扯上關係的。羅隱是一個例外，他的《雪》詩，
語含諷刺，揭露晚唐社會貧富懸殊的矛盾。他的《自遣》，
更用淺易的哲理和文字，與讀者打成一片：

《雪》

盡道豐年瑞　豐年事若何
長安有貧者　為瑞不宜多

《自遣》

得即高歌失即休　多愁多恨亦悠悠
今朝有酒今朝醉　明日愁來明日愁

最後兩句是中國人習慣吟誦的，不分男女老幼，不分文
化水平或貧富。它是如此平易地吐出現實生活哲學的一個大
道理，讓唱者唱完，即吐盡心中的積鬱，感到樂觀和安慰。

對於知識份子來說，羅曼蒂克的幻想可以刺激情愫，即
使歌頌現實人生，詩人也要帶動宇宙古今，方有氣魄。在這
方面，蘇軾的《水調歌頭》是一般中學生所愛背誦的。至於
有多少人能明其深意，並不重要：

明月幾時有　把酒問青天
不知天上宮闕　今夕是何年

　　詩人愛詠酒。究竟是因為他們嗜酒，還是因為他們滲透了酒為詩材的無限潛力？作為詩材，酒與飲和酒與醉，酒與愁和酒與樂，幾乎概括了人生的一切情景和心境，事實和幻想。

飲法與飲伴

　　中國人飲酒講究飲法得當，不像西人滿足於清飲。吳彬專著的《酒政六則》敍說飲酒要有理想的人、地、候、趣、禁、闌，各有詳細說明。簡言之，人要情投意合和互有溝通，地以自然美景為尚，時候講陰、晴、花、色、風霜與明月，這些又因時、人、趣而各異，不分今古，由詩人酒客各選其特。

　　李白雖然生活在宮廷和上層社會，他的詩卻表明他喜歡獨飲。這些精彩名句，既含豐富的人生哲理，又是意遊神馳，誰人讀了都愛反復吟誦：

《月下獨酌》

花間一壺酒　　獨酌無相親
舉杯邀明月　　對影成三人
……
醒時同交歡　　醉後各分散
永結無情遊　　相期邈雲漢

　　陶淵明、陳起、王績等人經常獨飲，各有原因，各收其果：

陶淵明《責子》

天運苟如此　　且近杯中物

陳　起《湖上即事》

風景無窮吟莫盡　且將酩酊樂浮生

王　績《醉後》

阮籍醒時少　陶潛醉日多
百年何足度　乘興且長歌

　　一個人飲醉了，自然回復原我，自我中心，坦率，不拘禮節，甚至對共飲的知己朋友也呼來遣去。即如：「我醉欲眠君且去，明朝有意抱琴來。」

　　我國北方苦寒，那裡的少數民族多數喜歡喝酒，常常集體飲醉。蒙古人飲馬乳酒，比甚麼酒都烈。蒙古詩人把那種大眾同醉的豪獷情況寫入詩中，使人讀了即時神馳。基戎主人（清姚元之？）的一首《塞下竹枝詞》，便是最好的例子：

釀成馬乳不須沽　上品波羅韃辣酥
劇飲何嘗分晝夜　從教醉倒在泥涂

　　同樣，始於兩晉南北朝的松葉酒和竹葉酒（今竹葉青之前身），由詩人歌唱出來，風情萬種：

李商隱

唱盡陽關無限疊　半杯松葉凍頗黎

白居易

吳酒一杯春竹葉
吳娃雙舞醉芙蓉
早晚復相逢

詩長壽命

詩表閒情

　　陸機的《文賦》於公元301年面世，是中國歷史上第一篇系統的文學創作論。它提出「詩緣情而綺靡」，給作詩人指出一條趨麗逐美的敍情道路。在此之前，曹丕在《典論‧論文》中提出「詩賦欲麗」，多少仍然停滯在道統限制之下。

　　《文賦》對劉勰寫《文心雕龍》啟示很大。它主張作品的思想內容是主幹，文采是枝葉，創新是生命。在創作動機方面，它側重藝術構思。陸機的文采清新意顯，如「石韞玉而山輝，水懷珠而川媚。或言拙而喻巧，或理樸而辭輕」。《文賦》對後代影響至深的，是它為詩人開拓了「情」和「慾」的禁忌，打破傳統的限制。這樣，把情慾寫美了便是好詩。

　　陸機繼承了載道文化，亦開拓了閒情文化。今天，不少人提起中國歷史，尤其是史書所寫的道統責任，或民間疾苦，都不覺皺起眉頭，誤以為中華文化只有「封建」和「苦難」，中間夾着勾心鬥角的機心運作。其實，文化是古人生活的整體遺產，有苦有樂，有莊重和閒散的兩面。

輕物而長壽

　　中國人的閒散含着特殊的文化意義，不能與懶散相等。它是積極人生的理念，同時亦是藝術創造的寫照。於是，「

閒情」成為中華民族懂得生活，知道為生命加添意義的言表。今天，在人們備受「無聊」所擾的現實中，我們考究和欣賞「閒情」的種種情趣和活動，意義重大，實用無盡。

孔子就頗重視性靈的怡樂。《論語‧先進篇》有一段寫他命諸學生說志向，聽完以後，讚賞「浴乎沂，風乎舞雩，詠而歸」的野遊樂趣和賦閒風範。

老莊思想所開拓的「任性靈、卻塵累、超物負的人生態度」，亦深深地影響着中國人的生活方式。這種態度有冷漠和玄虛的一面。但是，它又同時叫人們追求閒暇、散漫和優遊，視各種類型的閒情活動為最高尚的生活形式。它勸人用絢爛的生命之「輕」，來平衡或挽救莊麗功業之「重」。由是，中國人居則泉石花竹，詩酒（茶）棋書，清淡酬唱；行則披閱中壑，遊戲曠野。濯清流以釣游魚，坐茂林而觀落日，忘情於自娛自樂的快樂人生之中，延年益壽。

閒情反映了中國人的心理結構，包括對感性體驗的偏好，及對靈性的重視。我們愈深入查究古人的生活世界，愈發現那兒最令人親近的，便是他們的精神品貌，一種理性與功用相拒的直覺性靈。在這種品貌之中，最為突出而又對二十一世紀有用的，是那許多閒情形式的精微美妙的具體把握，以致閒情嗜好成為來自心靈底層的慾望。我們的弈棋、琴樂、繪畫、書法、品茗活動，都有情定的對象、技藝和標準，從而生出特定的感知方式，品鑒時空的意義。在這些活動過程中，人就充份融入感性與理辯相關的心智中。所謂東方型的智慧，就深藏着對閒情的把握和鍾愛。於是，生活得精彩的人，一定是精於玩賞，善於玩賞，敏於玩賞，及忙於玩賞的。他們對人生快樂的渴求投入充份的心機，又企望養成優雅風致的人格。這不是現代西方人追求的「休閒」（leisure）所可以同日而語的。

綜觀世界歷史，沒有哪一個民族比我們更知道善用閒情逸趣。不少民族的哲學把世用與燕閒劃分為對抗和互相侵蝕

的生活取向，（請看今天多少人說自己沒有時間做運動或讀詩）。這種思想把人生的內與外、個人與社會、自由與限制演成衝突。於是，人們視世用為「不得已」、「形役」和「塵勞」。他們不知道，閒情所生的快樂，是對生命本身的欣賞和鍾愛，同時又是一種征服時間的最有效方式。中國古代文人普遍認為，正因為我們能夠拋開世用行為而享受閒情逸趣，人生方有意義。可以說，崇高的人生，必須也是充滿雅趣閒情的人生。

痴心情慾

　　在陸機以後的轉變中，我們可以看到像劉希夷寫的《公子行》，宣示閒情的新方向：

> 古來容光人所羨　　況復今日遙相見
> 願作輕羅著細腰　　願為明鏡分嬌面

　　此詩寫作者的痴情，兩個願作願為，都表露了詩人對美人「投降」，指的也是真正的美人，而不是古詩裡虛擬的「神女」。這兩句詩可能來源於陶淵明的《閒情賦》，陶詩的極端範例。

　　在許多人的心目中，陶淵明古樸平淡而文采平易，為何他寫的《閒情賦》卻是華艷驚采。它表現出重情輕禮，直接寫詩人對奢靡與女色的貪求，凸顯感官上的享受，神魂顛倒，「意惶惑而靡寧，魂須臾而九遷」。詩人更提出「十願」的媚意與奢望，然後又有「十悲」的結局。

　　「十願」以能夠充當美人的衣領、衣帶、髮澤、眉黛、床蓆、絲襪、影子、明燭、竹扇、鳴琴為最高意願，希望獲得親近美人的渴求。「十悲」則將求不得而感受的那種刻骨銘心的痛苦，表現得淋漓盡致。

　　《閒情賦》寫得流麗靈動，對偶切韻，對稱和諧，駢

儷整飾，表現出極高的藝術造詣。中篇的十願和十悲，極力
鋪張。詩人寫盡熱愛中的複雜感受，渴望與失望，欣喜與恐
懼，歡嘆與悲鳴等各種感情的跌宕起伏，心理矛盾激烈。顯
露出陶潛非凡想像力的伸張：

> 褰朱幃而正坐　泛清瑟以自欣
> 送纖指之餘好　攘皓袖之繽紛
> 瞬美目以流眄　含言笑而不分

這樣的美人是柔和嫻靜的，陶潛不但見了渴望與她親近
互動，他早就在篇頭鋪陳一連串的愛情追求幻想，好像先行
為自己「熱身」似的。

> 願在絲而為履　附素足以周旋
> 悲行止之有節　空委棄於床前

渴求性感享受

陶潛的大部份詩文都是直白率真的，都「為情造文」，
而且追求高古平淡，唯獨這首《閒情賦》卻例外，顯露寫性
感的極端，引起很多評論，甚至非議。蘇軾給出比較正面的
結論，說陶潛寫《閒情賦》「好色而不淫」。

在七百多字的《閒情賦》裡，陶淵明表白了自己面對一
位「神儀嫵媚」的大美人，魂飛魄散，只渴望成為她衣着的
各種部份，親貼着她，想入非非，情慾一瀉全傾。詩人於感
到患得患失之時，又自憐自愧，自悲自嘆。讀者從局外人的
身份瞭解，直感到詩人被捲入執着、悵惘和曠達的複雜心境
之中，寫下自我分析：

> 淡柔情於俗內　負雅志於高雲
> 悲晨曦之易夕　感人生之長勤
> 同一盡於百年　何歡寡而愁殷

　　……
　　考所願而必違　　徒契契以苦心
　　擁勞情而罔訴　　步容與於南林

　　陶淵明身處亂世，甘於貧窮，又不忘國家興衰，所以托為閒情，十分自然。他的時代流行着樂府詩和宮體詩，都以十分露骨的敍述，寫男女相愛相親的真實感受，甚至造愛的美事。

《子夜歌》

　　宿夕不梳頭　　絲髮披兩肩
　　婉轉郎膝上　　何處不可憐

《子夜四時歌》

　　開窗秋月光　　滅燭解羅裳
　　含笑帷幌裡　　舉體蘭蕙香

　　在第三至第六世紀的數百年間，好像為日後唐詩做好準備似的，中國詩人解開心理障礙，直寫情慾的感受和心理纏結，同時把方塊字的魅力推上高峰。對此，司馬相如的《美人》、張衡的《定情》、阮籍的《清思》、曹植的《洛神》和楊修的《神女》等，都提供了寶貴的貢獻。日後，隨着人們審美意識的醒覺，對女性美的渴求和崇拜已經變成對美的追求的特定方式，創出文學的新路向。

　　然而，宮體詩雖然表面上寫尋歡作樂的愉悅，實際是寄寓痛苦不盡的人生煩惱。客觀的時光流逝不能由人的主觀意願所把握操縱，人的命運亦不自由主宰。即便是貴為國君的陳後主，亦不禁在他的《玉樹後庭花》中歌吟，「玉樹後庭花，花開不復久」的悲哀，人生苦短的無奈。蕭綱的《詠美人觀畫》，又充份表露人生虛幻無常：

> 殿上圖神女　宮裡出佳人
> 可憐俱是畫　誰能辨偽真

也許，我們今天因電腦生出的虛擬世界，早在一千五百年前便由詩人描繪得迫真了。

知命解情怨

庾肩吾是宮體詩的健將。他寫悲情濃郁的人生，百無聊賴的婦女整日思夫，叫她羨慕燕子雙飛的景象，心中生起無限幽怨與纏綿：

《賦得有所思》

> 佳期竟不歸　春日坐芳菲
> 拂匣看離鏡　開箱見別衣
> 井梧生未合　宮槐卷復稀
> 不及銜泥燕　從來相逐飛

用蕭綱的話說，作詩的態度須是：「立身之道，與文章異。立身先須謹重，文章且須放蕩。」所謂放蕩，就是「如實言情」。

陶潛繼承前人的智慧，「言情知命」，在生活上退隱田園山水，在閒情中勤耕文章。他謹記早他二百年三國時代的曹丕《典論》，對人生無常孤寂的命定，以及文章不朽的信心：「年壽有時而盡，榮樂止乎其身，二者必至之常期，未若文章之無窮。」所以他在悠哉樂哉的生活中，不懈創作。他的《歸去來兮辭》，至今成為「不朽盛事」的有力代表。讀着它，你會自然欣賞，他辭官厭棄人際鬥爭所得的不盡喜悅，他回歸自然，從摯愛田園生活所悟得的謙虛與和平：

> 悟已往之不諫　知來者之可追

實迷途其未遠　覺今是而昨非
木欣欣以向榮　泉涓涓而始流
善萬物之得時　感吾生之行休
登東皋以舒嘯　臨清流而賦詩

和諧勝對抗

不分文化，哲人詩人都深知人類創造了時間而恐怕死亡人生一切的終結。西方智者在尋找審美文化（人生意義）的歷程中，把時間分為此岸與彼岸，有限與無限，想像與本體，情感與理性的兩極對峙的心理張力。在這種張力中，人們要麼沉迷於彼岸的神明，絕對的本體，要麼呼喚野性自然，沉醉於感性的生命；要麼跌溺於這一系列對立的深淵中，痛苦而發瘋。

在莎士比亞的悲劇中，慾望的無限膨脹，足以使人陷入空虛和無意義，一如《麥克白》。由於追逐權慾、色慾和金錢慾至無限，李爾王發瘋了，而奧賽羅竟毀了愛的世界。莎士比亞概括地說：

《莎士比亞十四行詩》

在追求時瘋狂
佔有時也瘋狂
不管已有　現有　未有
全不放鬆

歌德亦借《浮士德》主人的心理掙扎而這樣吟詠：

在我的心中啊
盤踞着兩種精神
互促分離
一個沉溺於強烈的愛欲

以固執的官能緊貼凡塵
一個則強要脫離塵世
飛向崇高的靈境

我們從這些詩篇中可以悟得，到了二十一世紀的今天，西方人仍然一意徘徊在由宗教派生的此岸與彼岸之中，沒有寧靜。代表西方社會的美國培養出很多心理醫生和精神病的研究學者，應付社會需要。中國人則從小學開始，即欣賞陶潛閒情生活的積極格調充滿人與大自然的和諧寧靜，心中時常念誦着：

採菊東籬下　悠然見南山

王維教你順天和人

詩可教化

在孔子的美學思想中，詩佔有十分重要的地位，他在《論語‧陽貨》中對學生說：「小子何莫學夫《詩》？詩，可以興，可以觀，可以群，可以怨。邇之事父，遠之事君，多識於鳥獸草木之名。」

詩能教化，不論是創作或閱讀欣賞，都與德化的政治理想緊密相連。這種美學思想影響藝術與政治互相呼應，直至今天，孔子讚揚《關雎》的美，說它「樂而不淫，哀而不傷」，貴在含蓄。後來，王夫之在《俟解》裡闡釋孔子的審美思想這樣說：「能興即謂豪傑。興者，性之生乎氣者也。……聖人以《詩》教以蕩滌其濁心，震其暮氣，納之於豪傑而後期之以聖賢，此救人道於亂世之大權也。」

視察和寫詩

我們追溯儒家審美思想的起源，可從《周易》說起。《周易》含《易經》和《易傳》，前者是一部算卦的書，後者是哲學書。幾千年來，中國歷代的文學家和藝術家都從《易傳》的《繫辭傳》中找着美學意義和創作法則

《繫辭傳》說：「立象以盡言」，說明我們是可以借助形象表達思想和情感的。

怎樣做呢？它又說「觀物取象」，即觀摩事物便可以見像了，其過程是：「仰則觀象於天，俯則觀法於地。觀鳥獸之文與地之宜，近取諸身，遠取諸物。」

與此同時，道家美學思想本着這「觀物取象」的思想為基礎，發展出一種更高境界的審美觀念，名為「超以象外」，以至「象外之象」。

從人本體意識出發，《周易·大傳》說：「天行健，君子以自強不息」、「地勢坤，君子以厚德載物。」兩句說話構成中華文化的基本思想。

第一句說明天與人是聯結不分的。所謂健，即天體運行永不休止的意思，人效法自然之道，所以也自強不息，從小到老都奮力修養道德，建樹人生。

第二句話中的坤是順的意思。在勢順的大地上，人與萬物都能夠各遂其生，互相包容，各有特點。這樣，剛健有為的君子，厚德載物，自立立人，其本質構成道德規範中的人格操守。

順天和人

《周易·大傳》又說：「君子進德修業，欲及時也。……終日乾乾，與時偕行。」就是說，一個人做人處事，應該跟大自然的運行變化之道和諧一致。然後，面對大自然及人間的變化，採取順應變通的方法。我們今天身處多變速變的時代，溫習《周易》的智慧足以求取生活中各種活動的化解和進步。《周易》說：「窮則變，變則通，通則久……順乎天而應乎人。」我記得幼時居住在鄉下，一般農民都時常口吟「窮則變，變則通」這句話，可見中華文化亦靠口傳而行。

剛健有為，順變，中正，和諧等行為指示一直鑄造着中華文化的基礎，影響中國人的生活模式，同時亦貫穿在中國

文學和藝術之中，呈現出立體的寫照。其中，以山水田園為主題的詩詞，十分豐富，放發幽深至遠的詩教作用。

我們讀王維的詩，不會看見貧窮、爭執、戰爭、痛苦、死亡，因為這些都是審美觀點以外的東西。隔離可以產生一種從高處和遠處觀看事物的勢態，自然而超然。

《贈錢少府歸藍田》

夜靜群動息　時聞隔林犬
卻憶山中時　人家澗西遠

詩中無人，卻有人們「最好朋友」的狗。詩人不寫狗，只寫那隔着樹林的犬吠。這樣，詩人說，當夜幕降臨以後，一切東西都停息了，剩下一片寧靜。 詩人續說：

《冬晚對雪憶胡居士家》

寒更傳曉箭　清鏡覽衰顏
隔牖風驚竹　開門雪滿山
灑空深巷靜　積素廣庭閒
借問袁安舍　僬然尚閉關

從道心看世界，冬雪之夜是自然超脫的，「僬然尚閉關」的主觀把握裡，竟是「積素廣庭閒」。在這意境之內，世界中的風、竹、雪、巷同是白茫茫一片的意象。

王維更愛寫「空」，一種虛幻的禪意詩境。佛教的小乘觀法緣起，內無真主為空。大乘法在有不有，在空不空，理無不極，所以究竟也空。對於讀者大眾而言，空無即是「生空」，如能達到這樣的心理境界，人可以不再執着了，一切都可以放下，就連現代的千百種壓力，亦可化為烏有！

王維隱居終南山以後，參道家和佛家境界為一，所以閒適自在，人與物齊，看萬物等無分別，盡在空寂之中。道家無思無慮，佛家戒除煩惱，所以，詩人悟得「浮念不煩遣」

，連虛妄之念亦無須刻意去排遣了。

　　然而，王維畢竟不如老子、莊子或慧能。他不能「無心」，也不分禪家的「真空」與「頑空」之別。例如他的《早秋山中作》就滿佈煩惱和悲愁，有違佛道。他仍然嘮叨自己必須棄官隱居的命運。詩云：

> 無才不敢累明時　思向東溪守故籬
> 豈厭尚平婚嫁早　卻嫌陶令去官遲
> 草間蛩響臨秋急　山裡蟬聲薄暮悲
> 寂寞柴門人不到　空林獨與白雲期

　　我們細讀全詩，不難發覺王維那當官與隱去從不由自主的矛盾心情，回還往復，了無休止，全詩最後添加了一句「空林獨與白雲期」，表現出詩人沒有得到精神解脫。

　　王維愛寫「雲」寫「遠」。悠悠白雲象徵飄忽不定及無從把握的人事，暗含緣起的重重無盡之意。遠是佛法看世界的方法。維摩詰說：「譬如幻師見所幻人，菩薩觀眾生為若此。如智者見水中月，如鏡中見其畫像，如熱時炎，如呼聲響，如空中雲。」一切都不真實存在，一切都只是遠見有形，接近了，就無實在形象了。

　　王維也寫實物，如花、樹、寺、鐘等。但是，他詩中的花多數深染佛心禪意，不是你我所識的花。《大日經疏八刀》說：「花者，是從慈悲生義。即此淨心種子於大悲胎藏中，萬行開敷莊嚴佛菩提樹，故說為花。」這種配上六波羅蜜的說法，採取了花所有的柔軟的品德，有忍耐力，能使人心緩和。佛家賦予蓮花潔淨，因為它出污泥而不染。譬如法界真如雖然身在世間，不為世間諸法所污一樣。所以，王維見花寫花，其花不艷，又無生機，而是歸於寂滅的。生滅一任自然，了無分別。試看《辛夷塢》：

> 木末芙蓉花　山中發紅萼
> 澗戶寂無人　紛紛開且落

詩中的芙蓉寫照，不在花的驕艷，而在花開花落這樣
的生命歸於寂滅的過程，其中花開不張揚爭麗，花謝不怨不
艾，一切從容坦然，無分無礙。這樣入了禪境的花，通過顯
淺的文字，寫出幽深自由的詩境。末句花落，動態貫徹時
空，生滅更顯澄空。

深山田野靜

王維的詩歌發乎心靈，得於秉性。他從來不作苦吟，深
山是他的情繫。置身其中，幽幽的峰巒的宏偉氣魄令他神思
清明，心境泰若。田野是他的空間生命，接駁着幽靜自然和
人間的奮鬥，相通相融，和諧一致。詩人認識到高山曠野的
各種形式的生命力量，從中感覺到個人生命的渺小，閒怡的
可貴。他的《秋夜獨坐》表現出他超然外物的無為修果。詩
云：

<blockquote>
獨坐悲雙鬢　空堂欲二更
雨中山果落　燈下草蟲鳴
白髮終難變　黃金不可成
欲知除老病　唯有學無生
</blockquote>

力尋本真之我

王維自幼生長在奉佛的傳統家庭，深受佛教思想的熏
陶。他十五歲離開家鄉，到外地謀求仕進，為功名利祿奔
走，周旋於官宦圈內。他二十一歲進士，三十四歲當右拾
遺，熱誠地關注現實世界中的不平，熱心為濟世而努力。然
而，他是不成功的，挫折使他不滿自己的生命走向。於是，
他力求尋得本真，求找「我在」。

借西方的存在主義思潮看王維，他需要找着自己和
自由，方能寫出反映心靈的說話。馬丁·海德格（Martin

Heidegger）在《林中路》說：「存在心思是詩的原始方式……思的詩性本質保存着存在真理的運作。」所以，知道自己存在的詩人是自由的。他是出世，或是與世界結為一體，體認真理，同時亦使自己成為真理。

中年的王維擁有儒、道、佛的人生觀，深信「天地與我並生，萬物與我為一」的真實。他可以用「敞開」和「無蔽」的我運行內心的真正自由。他不懈學習中華傳統文化，同時要求自己超越既成的文化秩序。他不但要尋着本我，而且要居身於一個大我的位置。他不像屈原自信有權能救國，他只是一名純真的詩人，可以通過詩言進行「道說」。

道說可以使詩人之心與讀者之心互相應答和弦。應答道說即如傾聽天籟和回應天籟，合天、地、人為一體，不分主體和客體，盡在自然之中。詩人體察自然，進而置身自然之域，與天地人事渾然一體，毫無分隔。這樣，詩人之言是本質的言說，即對「道說」的應答，成為道說中的道說了。人言有聲，大地無聲。無聲中有「大音」，即老子說的「希聲」之音，亦即寂靜，或者大道的靜靜道說，是眾人可以應答的。

疑問生死

王維曾經疑問過生命的意義和價值。即是對「生有何用」，對「死何空有」感到無奈與恐懼。這都表現在他的《嘆白髮》一詩中：

　　　　我年一何長　鬢髮日已白
　　　　俯仰天地間　能為幾時客
　　　　悵惘故山雲　徘徊空日夕
　　　　何事與時人　東城復南陌

「俯仰天地間」說空間渾然莫辨。「能為幾時客」說時

間短速又無始無終。最後兩句詩問人皆必死的存在本質，從反面確立本質的積極意義。在這首簡單的詩中，王維表現出他在追問中尋覓，又終生在尋覓中追問，沒有安謐。

可幸，詩人終於找着安寧，並且把內心的美定呈現在他的詩作之中，現實、此在、崇高、有為，又拒抗死寂的靜。存在主義大師海德格在《如當節日的時候》說：「若然詩人現身在他內在的『自然』本質之中，就是通過了法則對自身的權能的測度而獲得了真實……詩人至高的果斷表現在詩意的道說，即如最清白無邪的造物。」就如外國人也明白王維山水田園詩的安寧之境，那種合天地人和諧又充滿自然活力跳躍的安寧，二十一世紀多數人渴求又難以獲得的人的本能存在！

這樣，我們可見，王維的詩越過汪洋大洲和時間，進入二十一世紀外國人的精神領域之中，得到欣賞。我們就用《藍田山石門精舍》作結，讓它給全人類留下餘音：

落日山水好　　漾舟信歸風
玩奇不覺遠　　因以緣源窮
遙愛雲木秀　　初疑路不同
安知清流轉　　偶與前山通
捨舟理輕策　　果然愜所適
老僧四五人　　逍遙蔭松柏
朝梵林未曙　　夜禪山更寂
道心及牧童　　世事問樵客
暝宿長林下　　焚香臥瑤席
澗芳襲人衣　　山月映石壁
再尋畏迷誤　　明發更登歷
笑謝桃源人　　花紅復來覿

鄉愁湧河海

同在的兄長

　　1946年諾貝爾文學獎桂冠詩人赫爾曼・赫西（Hermann Hesse, 1877–1962）是一位十足為文學寫作而生的人物。他一生行走在「道」的路上，經常掙扎在《彷徨》之中，卻銳意奏着《孤獨者的音樂》、《走向心靈深處》，為了追求「真正的自我」，同時亦為了與大眾的心靈互相契合。審視他這樣的人格，他的朋友詩人愛亨・德爾夫賀他榮膺德國出版最高和平獎的時候，詠詩讚他是：「為世人而燃熱，為世人而擔憂」，用詩人特有的愛照亮《世界的心靈》。

　　到了晚年，赫西每天都收到許多陌生人的信，向他請教人生問題，他皆一一回答，署名：「大你們幾歲、與你們共同煩惱的兄長。」這種謙和態度貫穿他一輩子。他出生於德國南部黑森林那風光明媚的席瓦本地方，使他畢生懷念它為故鄉，孕育他《童年》的家園。

少年詩人

　　赫西早於十三歲的時候便決定做一位詩人了。但是，他父親是一名牧師，執着要兒子承傳他的衣缽，把他送入神學院讀書。

　　詩人是絕對自由的，經不起宗教的嚴格規範。所以，還

不到一年，赫西便在神學院裡經驗到強烈的「內心的風暴」，自殺未遂之後，逃離了學校，流浪江湖。那時他才十五歲。

1901年，赫西出版了《赫爾曼‧勞謝》。次年又出版了《詩集》。再過兩年，他出版了《鄉愁》，奠定了他的作家地位。同年，他結了婚，與太太定居在波登湖畔一條小村裡，沉湎在大自然的美麗中，刊行了《薄伽邱》和《聖法蘭西斯》。當年他是二十七歲。

鄉愁牽魂

所謂鄉愁，實質是對童年以及當時的恬怡生活的追憶，那充滿大地美麗與靈氣交織人生的心靈景況，既迷惘又憧憬重重，包括對異性的愛。這些，由詩人那敏銳的筆觸細緻地描紋，構成赫西十餘部作品的主題。

請看他訴說年青時一刻美好時光的意境：

「我划船緩緩地駛向波光粼粼的湖心。太陽西謝，天際飄着一朵似雪的白雲。一瞬間，愛雲時期的童年往事，塞根堤堤尼的美景，葉莉莎的友情，一幕幕地湧現腦際。我習慣在划船時唱歌，用以配合船行的節奏，不覺發現唱出了一首詩歌，回家記下，當作在美麗的鳩利希黃昏湖畔的回憶：

葉莉莎蓓喲
你像高懸長空的白雲
明澄　美麗　遙遠
你
也許不察雲的飄蕩
然而
進入午夜
它會出現在你的夢中

　　　　　流雲發散幸福的光輝
　　　　　你就是白雲
　　　　　喚起我甜蜜的鄉愁

　　這首詩貴在直率、平易、融天地人於一體，超越時空，揉合人的現實與幻想，把生命寫照在光輝的存在與憧憬之中。像這樣的詩，在中國古詩中真是俯拾皆是，而且意境更為幽深邈遠。倘若有一天諾貝爾獎的評審員普遍認識中文，將會多麼熱鬧、驚奇！

悠悠故鄉

蘇軾《行香子》

一葉舟輕　　雙槳鴻驚　　水天清　　影堪波平
魚翻藻鑒　　鷺點煙汀　　過沙溪急　　霜溪冷　　月溪明

重重似畫　　曲曲如屏　　算當年　　虛老嚴陵
君臣一夢　　今古空名　　但遠山長　　雲山亂　　曉山青

　　這是蘇軾路經浙江桐廬七里瀨有感而作的詞，想像悠悠天地人間，跨越時空。詞人目睹清幽的嚴瀨美景，腦際閃過今昔的是非，得出的道理是人間名利與榮華都不能長久。然而，美麗得像畫一樣的山河，卻悠悠久遠，恆保寬容，遠山蜿蜒，雲山參差，曉山青翠，自由自在。

仙女來問

　　赫西和蘇東坡均愛寫人生之「道」，物理環境的和人事交纏的。但東坡備受莊子和陶潛的影響，不論身遇何境，都能因緣自適，向山林尋野趣，向釋家禪理求解脫，把感受寄

為文字，寫下清曠氣韻的佳作。

　　我們再看，東坡怎樣以奇妙的構思化用一個神話故事，盡抒告別官場、棲身山野的情懷：

> 歸去來兮　清溪無底　上有千仞嵯峨
> 畫樓東畔　天遠夕陽多
> 老去君恩未報　空回首　彈鋏悲歌
> 船頭轉　長風萬里　歸馬駐平坡
>
> 無何　何處有　銀潢盡處　天女停梭
> 問何事人間　久戲風波
> 顧謂同來稚子　應爛汝　腰下長柯
> 青衫破　群仙笑我　千縷掛煙蓑

　　這首《滿庭芳》是蘇軾歷經貶放黃州而歸常州時寫的，歸家心切之情盡表於上闋，只嫌舟車的馳速不夠快。下闋寫詩人幻想中的奇遇，從實況進入虛空幽境，受着天女的詰問和逗笑，間接呈表詩人的坎坷塵勞，他心中那逃離政治風險的潛在決意。這種藝術造工是浪漫、清曠、自由又幽雋的，於日常生活小節中滿藏深邃禪智。

自由此前

　　蘇軾與赫西同樣愛緬懷往昔，但是不見他寫童年。兩位詩人都於少年時候就才華畢露，而且決心進取事業高峰。但是，赫西好像總要留戀童年那種純美的生活，力求停頓在一種不食煙火的稚心純情中。蘇軾卻是積極的，每於緬懷過往中表現一副反叛時光流逝與人為羈絆的氣慨，高唱呼喚青春生命之歌。試看他的《浣溪沙》：

> 山下蘭芽短浸溪　松間沙路淨無泥
> 蕭蕭暮雨子規啼　誰道人生無再少

門前流水尚能西　休將白髮唱黃雞

　　這首小詞寫於1082年春，是詞人在黃州遊清泉寺時作的。根據《東坡志林》所述，清泉寺在湖北蘄水縣郊，下臨蘭溪，風光宜人。蘇軾身處勝景，情趣激蕩，迸發出頓悟人生真諦的妙著。他挑戰常理地說「誰道人生無再少？」因為，只要自強不息地進行生活上的奮鬥，青春是會像流水一樣，馳奔東西，到達理想境地的。

　　自由是詩人的特性，同時亦是詩歌的主體內容，所有成功的詩人都是言行一致的，抓住每一個契機詠誦自由。東坡寫此詩時身帶重罪，被貶到黃州。他卻無視那莫須有的罪狀，撥開眼前的陰霾，由敞開爽朗的心扉，享受此在的良辰美景，樂在其中。

　　中西文化不同，審美情趣與標準亦呈現基本的異緻。西方文化受着強烈宗教的規範，以及哲學邏輯思維的運作，產生形而上學的純美，絕對獨立真實，無需關連生活。所以，赫西的「鄉愁」和「煩惱」均是獨立平台，絕美的東西。它們雖然出於作者那十分具體的童年，卻可以一下子普化了，成為抽象存在，可以轉嫁給「世人」，讓大家共同歡樂悲哀和迷惘煩惱，在人的心靈底層。

　　比較起來，中華文化的審美卻是與生活息息相關的，不論是喜是憂，是迷惘或清明，都離不開人的生命際遇和自強動向。

圓通化解

　　蘇軾一如多數中國人，執信圓通面對生命和適應新象的生活態度，足以化解任何缺憾和煩惱。他的瀟灑人生的奧秘在於宅心安恬，怡然塵外。他的人格素養結合着儒家的「常處樂」、「坦蕩蕩」、「無入而不自得」的精神，同時又渾

和着道家的「外物」、「保真」、「順天」、「無累」的超軼心態，以及禪家的「得失隨緣，逢苦不憂」的智慧。

　　愁與煩惱是可以化解的，同時亦可以被看為絕對的美而欣賞和歌詠。中華文化的儒、道、釋三家學問都含有最妥善的化解各種心擾的方法和修養，由蘇軾作為一個典型的修行者、闡釋者和詩人可以看到。西方文化則把愁與煩惱設定為審美的對象，希臘的悲劇、莎士比亞的悲劇、赫西的詩和小說都有悲壯的「美」和憂悠的「煩」，由許多劇中及詩中的人物所乘載和負擔，揭開人性的矛盾、化解、調和、超越，人的心靈的風暴，以及心靈的歸宿。赫西畢生都用筆墨敍陳他的「故鄉」和「鄉愁」。前者是歸宿，後者是揮之不盡的回憶與憧憬。也可以說，前者是永恆的憧憬，後者是心緒的全程。作者同讀者一樣，可以自我決定。

溪流與海洋

　　我比較欣賞蘇軾的踏實。他曾作《無愁可解》，反問「愁從何來，更開解個甚底？」。他自信地嘯詠：「須信吾儕天放，人生何處不兒嬉。」（《鵲橋仙・七夕和蘇堅韻》）他勸人說：「塵心消盡道心平，江南與塞北，何處不堪行？」（《臨江仙・我勸髯老歸去好》）。他表現的理趣與幽默，乃真正的童心：

《慈湖夾阻風・二》

此生歸路愈茫然　無數青山水拍天
猶有小船來賣餅　喜聞墟落在山前

　　我寫這篇短文，一方面給自己清理一些文學欣賞的「看台」和「看法」，同時希望給讀者展現一些比較文學所不沾手的事實。我想，我們怎麼樣都不能拿赫西和蘇軾相比，

只能單獨地欣賞和審判他們每一個人。蘇軾是一個海洋，赫西是一條溪流。我們不必因為蘇軾不曾被諾貝爾獎委員會掛上桂冠而感到不平。我們需要做的是衝入大海，遊蕩在溫暖的水中，或者滑翔在轟天動地的大浪頭上，透過浪花觀看日光。

送別一杯酒

友情似水

「君子之交淡如水」是儒家的交友哲學。西方現代的想法也與此有點相似，認為朋友要維持「一臂之遙」，方能給雙方留出應有的空間，保住各人的私隱。

古人有同年交、忘年交、莫逆交、總角交，甚至有刎頸交，說明中國文化注重友誼的傳統。一個人可以捨棄自己的一些特殊喜愛，交結一些與自己不同的朋友，是一件相當特別和不平凡的事情。

我們從古代詩人的交往，以及他們對贈別、懷念友人所表白的真摯情誼，可以看到君子之間的友情是十分濃郁的，他們的詩更寓意幽深。

酒洗離情

受人吟誦最多的贈別詩，恐怕要推王維的《陽關三疊》。古時，好朋友離別往往一去而音訊隔斷，加上種種的公私因素，使人倍覺無奈，唯一可做的是語重心長地表示關切，依依不捨：

> 渭城朝雨浥輕塵　客舍青青柳色新
> 勸君更盡一杯酒　西出陽關無故人

王維當官時結交很多朋友，其中孟浩然是他的摯友，

互有贈答。孟離開長安時，王維寫詩送別，孟浩然回應他的一首《留別王維》的詩，把心都剖開來說話，寫盡個人的落寞，懷念友人那種幽遠的心緒：

> 寂寂竟何待　朝朝空自歸
> 欲尋芳草去　惜與故人違
> 當路難相催　知音世所稀
> 只應守寂寞　還掩故園扉

水中碧空

李太白給人留下的是一種樂天不羈的氣質，好像感情容易收放的。然而我們讀他送別孟浩然的詩，祇詩末兩句，就十分形象地表白了他對離去的友人那種真摯情誼，「孤帆遠影碧空盡，惟見長江天際流」。

他那首《贈汪倫》寫得更為語近情切，為古今愛詩之人所樂誦：

> 李白乘舟將欲行　忽聞岸上踏歌聲
> 桃花潭水深千尺　不及汪倫送我情

還有他贈別好友的《送友人》，把青山白水、浮雲落日都扯來抒情：

> 青山橫北郭　白水繞東城
> 此地一為別　孤蓬萬里征
> 浮雲遊子意　落日故人情
> 揮手自茲去　蕭蕭斑馬鳴

灑淚濯纓

唐朝名詩人中，李白和杜甫的友情最密切深厚。他們在

洛陽一見如故，朝夕同遊論詩，可惜過了一年便在山東石門
分手，不再重逢。杜甫在秦川寫了《懷李白》一詩，關心他
的起居，為他的悲慘遭遇憤慨，感情可說到了生死不渝的程
度。詩云：

> 涼風起天末　君子意如何
> 鴻雁幾時到　江湖秋水多
> 文章憎命達　魑魅喜人過
> 應共冤魂語　投詩贈汨羅

　　劉禹錫與柳宗元也是一雙患難與共的好朋友，他們同
年進士及第，後來又一起參加了王叔文的革新集團，同遭貶
謫。十一年後，兩人同被召回長安，不料又一次受貶。他們
一路同行，至衡陽分手。在黯然銷魂的別離時刻，柳宗元把
不住滔滔詩情，寫下《衡陽與夢得分路贈別》：

> 十年憔悴到秦京　誰料翻為嶺外行
> 伏波故道風煙在　翁仲遺墟草樹平
> ……
> 今朝不用臨河別　垂淚千行便濯纓

　　詩人以滿腔悲憤向朋友訴說，大家只因不願隨波逐流，
才招來如今彼此在江邊道別。最後，他筆鋒驟轉，引用古人
的「滄浪之水清兮，可以濯我纓」的意境，勸朋友，如果需
要洗淨帽帶，不必去水邊，因為自己流下的大量熱淚，便足
夠用來洗個清潔了。

長吟相思

　　劉禹錫受朋友的感傷情懷深深打動，寫了一首《再
授連州至衡陽酬柳柳州贈別》，詩中運用「回雁」和「猿
鳴」等擬物，與朋友共鳴愁別之悲傷，然後在尾聯用擬願

之詞，希望兩位老朋友各自到達貶地以後，時常遙望對方之居地，長聲吟唱《有所思》，寄寓各自的思念之情吧：

> 去國十年同赴召　渡湘千里又分歧
> ……
> 歸目並隨回雁盡　愁腸正遇斷猿時
> 桂江東過連山下　相望長吟有所思

互勉互勵

朋友之間需要互相激勵，尤其是在送別傷感的時候，適當的鼓勵可以成為支持的力量。唐代高適所寫的《別董大》，便是很好的例子：

> 千里黃雲白日曛　北風吹雁雪紛紛
> 莫愁前路無知己　天下誰人不識君

開頭兩句以千鈞筆力，展示塞外冬天悲壯寬闊的景象，點出朋友要去的地方十分惡劣艱苦。但是，詩人沒有勸友人留下，沒有表述一般分離時的兒女情態，而是以信任的口吻，鼓勵友人安心踏上征途。詩人亮麗地唱出豪邁的句子，用壯美的「莫愁」兩字，激發朋友積極進取，以無畏的精神去適應新人新事。

今天科學昌明，朋友相隔萬里，也可以隨手拿起電話，或打開智能手機，即時通話，不像古代人們所受的關山重隔、音訊難求之苦。但是，使人感到諷刺的是，今天許多友人慣以「忙」為藉口，甚至朋友遇難之時，亦無暇見面相慰。人間的冷暖，實在不與通訊的易難有關，友際間的濃情，亦再難用「勸君更進一杯酒」那種殷切深情來表達。

清酒初開

　　不妨在此加一小插曲。唐朝開放，詩人更是開放，其中異族摯友的例子很多，像元稹和劉禹錫都是白居易的摯友，兩人都是外族的後裔。劉是匈奴人，跟母姓。白氏稱他為「詩豪」，特別寫秋天，像「自古逢秋悲寂寥，我言秋日勝春朝」、「山葉紅時覺勝春」、「試上高樓秋入骨」等。劉白二人都愛醉，在失意時互相勉勵，可見於這樣的名句：「何幸相招同醉處，洛陽城裡好池台」。

耕讀安邦

宰相詩人

常言道「蓋棺定論」，指謂人們的功業成敗，要等到他人生終結之時，方可定說。對於宋朝詩人和政治家王安石的功過，清朝的《石遺室詩話》作者在數百年後評說：「雖作宰相，終為詩人。」

在宋朝（960–1279）那樣矛盾重重、政治動盪的社會裡，王安石最著名的事蹟是用「變法」力求社會進步。但是，他失敗了，換來遠近人們的責罵。不過，他卻是一個很有學問和關愛國家的學者和詩人。他的詩友黃庭堅讚他說：「荊公六藝學，妙處端不朽。」荊公一名出自王安石於晚年受封為荊國公的譽稱。歷史記載，他死了以後，還被追封為舒王。

王安石（1021–1086）生於宋朝，我國歷史上的大時代。它跨越了十一至十三世紀近三百年間，歷經戰亂，外族統治，官民遷移，又繁榮拓遠國家版圖，文化高峰迭起，從辯理、天文、航海、科學、印刷到文藝中的繪畫、書法、詩詞、散文、音樂、陶瓷藝術，都有劃時代的表現，影響邇遠。我們屈指計算，宋朝的高官固然多數為傳代的文學家，竟連治國乏能的幾位皇帝，也是傳世的詩家和書法家。

矛盾是社會進步的催生劑，同時亦是和諧社會的試金石。在宋朝，外族入侵和南北分裂固然造成了分離和悲傷，卻又激勵起強大的抗爭與包容力量。最後，歷史證明，異族

的暴力強佔結果引生了中華民族的多民族融和，而以慎終追遠為文化薪傳動力的客家民系，就在這一個大時代中形成，成為奮力傳承中原古風，以及古語和禮俗的群體。以後，客家人又把這些文化薪火帶到全球的大小地方，同樣以包容的精神融合新的異族人群。

史書記錄王安石的變法，在他主持政府的七、八年間推行均輸、青苗、募役、保甲等新法，因為得不到保守派的認同，失敗下場。其實，王安石還整頓了學校和考試，以瞻前的眼光力求興學治國，實是中國教育發展史中的大教育家。

宰相興教惜才

王安石熟讀經史和儒道智慧。他的文章多，詩亦多，而且多數本着愛國精神和革新創見行文。但是，他最有名的詩篇卻是真情畢露的，尤其是他惜才、敬才的詩作。試看：

《河北民》

河北民　生近二邊長苦辛
家家養子學耕織　輸與官家事夷狄
今年大旱千里赤　州縣仍催給河役
老小相攜來就南　南人豐年自無食
悲愁白日天地昏　路旁過者無顏色
汝生不及貞觀中　斗粟數錢無兵戎

詩中第二句的「二邊」指與中國接壤的遼國和西夏的邊界。在那宋王朝依靠屈辱妥協換來的苟安局面，人們雖然辛勤長智，仍然不免遷離可愛的家園。王安石這首詩沉鬱、有層次，造成美妙的跌宕頓挫文勢，詩力萬鈞。

1054年，王安石被召入京，路過高郵。當時一位青年詩人王令（逢原）攜着他的《南山之田》詩作去見他。他

讀了十分讚賞，主動與他結為莫逆之交，並將妻妹嫁給他。不幸，王令僅活到二十八歲便逝世了，王安石在京師聽到惡訊，十分震撼，寫下思王逢原三首，表示哀悼。試看其二：

蓬蒿今日想紛披　塚上秋風又一吹
妙質不為平世得　微言惟有故人知
廬山南墮當書案　溢水東來入酒巵
陳迹可憐隨手盡　欲歡無復似當時

蓬蒿泛指野草，引申自《禮記》所說：「朋友之墓，有宿草而不哭焉」，指謂朋友喪逝一年後，墓土長滿了野草，就不必哭悼了。詩一開頭便說：你雖然死了一年，我仍然不能忘情。我每想起「塚上秋風」，心中自然出現一幅淒愴的景象，揮去復還。

妙質指高尚的品德。微言指精辟的思想言論，出自《漢書》中的「仲尼沒而微言絕」一句。這兩句詩說明王安石與朋友的真摯互敬關係，接着便傾吐他對故友的深切思念。

詩重崇高人格

王令這青年為何幸得宰相的愛惜呢？因為他的人格高尚，胸懷濟世大志，敢說敢做，而且能寫好詩。他的《餓者行》就十分凌厲地揭示當時人民的苦難：

雨雪不止泥路迂　馬倒伏地人下扶
居者不出行者止　午市不合入空衢
道中獨行乃誰子　餓者負蓆緣門呼
高門食飲豈無棄　願從犬馬求其餘
耳聞門開身就拜　拜伏不起呵群奴
喉乾無聲哭無淚　引杖去此他何如
路旁少年無所語　歸視紙上還長吁

　　王令在這首詩中選定他親眼見到的一位餓者乞食的情況，進行藝術概括，反映出時代中一幕觸目驚心的社會現實，並對餓者傾注了他的同情。我們把這首詩跟王安石的《河北民》同讀，便明白這兩位莫逆之交是如何相敬相愛了。

　　王安石寫詩重視法度和技巧，他廣用聯想和借喻來創造意象，具體而美雅。他又工於鍊字，尤其是動詞的選用。你讀着「春風又綠江南岸」和「空場老雉挾春驕」兩句中的綠字和挾字，能不拍案叫絕嗎？

智治普教

　　受到王安石的提倡，宋朝注重知識和教育，學校普及，文化典籍傳播暢通，加上印刷術的發展，方便信息的廣面流通，創造了新的社會條件，使士人重文輕財，使大眾以「耕讀」為訓。例如，范仲淹成名以後，給家鄉父老寫信，便提醒他們說：「鄉人莫相羨，教子讀詩書。」

　　當整個社會着重教育與知識之時，文人志士皆力求學習進步。在那種風氣之中，學問先進對後輩提攜備至，蔚成風氣。王安石一生兩次做宰相，結交了不下十名平民才人，如蘇軾和王令。同樣，蘇軾入士之後，誠心讚賞劉恕終生力學不輟。詩云：

> 青衫白髮不自嘆　富貴在天那得忙
> 十年閉戶樂幽獨　百金購書收散亡

　　《宋史・陳師道傳》載，陳師道遊學京都逾年，未嘗一次訪貴人之門。傅堯愈想結識他，知他窮，帶着金錢準備饋贈給他。但是，見面以後，聽他論議，就因敬畏他而不獻錢了。詩人黃庭堅敬佩陳師道，讚他說：

> 陳侯大雅姿　四壁不治第

......
薄飯不成羹　牆陰老春薺
惟有文字工　萬古抱根柢

　　比較藏書和積財的利弊，黃庭堅又詩云：「藏書萬卷可教子，遺金滿籯常作災」，及「萬卷藏書宜子弟，十年種樹長風煙」。

詩誦朝代

　　我們積極看歷史，不易數盡今天中華文化的顯赫成就源於宋代。但是，當時戰禍連年，人民苦難，怨恨呼聲連天，國家分裂，最後遭受滅亡，卻留下多少不朽的詩詞，以及實用的科技。宋朝分為南北以後，人們流離失所，卻因為大規模的遷徙而開發了江南。而且，人們想望中原，自然增強了文化薪火的鞏固和發揚光大。

　　歷史是一個民族的經驗和憧憬，又返過來映照時代的功過得失。蘇軾身歷宋朝的矛盾與豐盛，在遊湖北古戰場赤壁時看歷史，發出智深情切的感慨：

逝者如斯　而未嘗往
盈虛者如彼　而卒莫消長也
蓋將自其變者而觀之　則天地曾不能以一瞬
自其不變者而觀之　則物與我皆無盡也

　　宋朝二百七十多年的延綿政權終於被劃上句號，繼續中國歷史的是蒙古勇士。他們遠征歐洲，用暴力寫下元朝的世界歷史。

雨聲驚夢

雨的經驗

城市人多數對雨沒有太大的感情，部份因為它帶來打傘的麻煩，部份是它不與生活連結上甚麼重要的關係。即使這樣，有些小孩子和年輕人還是喜歡雨的；小孩喜歡玩水，青年人愛在細雨中談情。

對於生活在鄉村山野的人、田園詩人，以及大自然愛好者，雨是生命的孕育要素，也是美的代表。古今中外，不知有多少詩人詠唱過雨。

十九世紀美國作家梭羅（H. D. Thoreau）崇尚中國儒家和道家的智慧，認識人的獨立性和敬重大自然的崇高。他的作品推動了美國人解放黑奴。他又追隨愛默生的「先驗主義」，主張返璞歸真，回返自然。他在《華爾亭》（Walden）書中寫出這樣的經驗：

「我沒有感到過寂寞，至少沒曾受過孤獨包圍。但有一次，當我在樹林中待了兩三個星期，曾經這樣想：在眼前這種寧靜又無聊的生活裡，鄰人的友好往來很是重要。那時我的內心有點煩亂，很想盡快恢復過來。不知從何時開始，外面細雨紛紛。我聽着雨聲，聽着大自然，聽着屋子周圍的聲音，感到一種充滿慈愛的交流，感到親近。這氣氛支配着我，給我一種永恆卻又難以言表的親近。」

我對雨有一份濃情，相信是出於香港淪陷時期，回到故

鄉居住，親身感到雨在農村生活的重要作用。但是，我的對
雨的純情卻是這樣的：

「南國的六月天時，陽光與雨水都以最猛烈的姿態輪流
出現，一時滂沱大雨，轉眼又烈日當空。我那時候沒事，整
天在田野間走來走去，肩背上的肉晒得褐黑，給雨水打着發
出爆烈的聲音，癢癢的，好不痛快！有一次雨特別大，我本
能地爬到大樹上，在那裡觀看田野間朦朧一片，雨聲像敲打
銅鑼。」

我那時候才九歲，沒有甚麼「美」的觀念。但是，不知
怎的，那一幅雨的圖像，一直鮮明地留在腦海裡，至今一樣
燦爛美麗。

聽雨憶情

差不多五十年後，我到了中美洲尖美加的一角小小海
灣，一個人住在海邊一間小別墅裡，午夜夢迴，聽到似是敲
打鑼鼓之聲，好一會才領悟到是雨水打着屋瓦的聲音，親
切、新鮮，喚醒了半個世紀前的溫馨。我起來靜坐椅上，泡
上一杯清茶，想起近幾十年城市生活的熙攘追逐，經過幾許
自然和人為的風雨，自己竟沒曾稍停下來聽雨，真是可惜。

夢裡忽聞細雨聲　　醒時卻見秋葉鳴

如此美妙的大自然的聲音，不就是梭羅教授寫的那種「
親切」和「慈愛」嗎？可以解除寂寞，祇要你去親近它。

昨夜雨疏風驟
濃睡不消殘酒
試問捲窗人
卻道海棠依舊

知否知否
應是綠肥紅瘦

李清照這首《如夢令》，是她的代表作，藝術性極高。全詞三十三字，六仄韻，用驟、酒、舊、否、否、瘦一氣串成，針綫綿密。詩人首創用紅綠稱花葉，又以肥瘦作形象對比，最後融情入景，把綠肥紅瘦的鮮明映照，寄寓愛惜青春的無限深情。一個人能夠借自己昨夜醉酒後聽見的疏雨驟風，關切追問海棠景況，真不簡單。

雨是動的，給靜靜的大自然帶來聲音、水份，以及由水滋生的千萬生命。雨也是靜的，當你在濛濛細雨中思念親人，或考慮一個甚麼問題，它不會打擾你，祇靜靜地陪伴着，把你擁抱在無盡的慈愛中。

雨中思靜

也許你會欣賞王維的《欒家瀨》，那種以動喻靜的境界：

颯颯秋雨中　淺淺石溜瀉
跳波自相濺　白鷺驚復下

或者，你會動起禪念，想起佛家修到「去妄明心」的奧妙之處，從而體會到蘇軾悟道的心路歷程，念誦他的《廬山煙雨》，讓詩句帶你進入一個從不變見萬變的境地，抒放你心中的一切猜疑、顧忌、煩惱：

廬山煙雨浙江潮　未到千般恨不消
到得還來無別事　廬山煙雨浙江潮

對於和尚來說，雨可以喻佛法佛力，可以除去修行中遇到的妄念煩惱，變修行為喜悅。唐朝可止的《精舍遇雨》如

是說：

> 空門寂寂淡吾身　溪雨微微洗客塵
> 臥向白雲情未盡　任他黃鳥醉芳春

最美的是群籟輕歌、小溜滴響的寫照，也許只有和尚才可以聽見，一如晉朝慧遠禪師所喻：

《廬山東林雜詩》

> 崇巖吐清氣　幽岫棲神迹
> 希聲奏群籟　響出山溜滴
> ……
> 妙同趣自均　一悟超三益

朝鮮人愛古詩

漢文木刻國寶

　　早於公元七世紀，朝鮮的新羅皇朝即採用漢字書寫朝鮮語。及到十世紀後，中朝關係更趨密切，兩國文人及翰林學士交往頻密。《翰林別曲》讚賞中國文化，十分明顯：

　　　　唐漢書　莊老子
　　　　白樂天集　毛詩
　　　　周戴禮記　吁　加上註釋
　　　　一氣背誦　其樂復如何
　　　　太平廣記　四百餘卷
　　　　通讀遍覽　其樂復如何

　　公元918年，太祖王氏建立高麗。他信佛很是虔誠，在朝鮮各地建築了數十寺院和佛塔，更招待了很多來自中國的禪僧，到處傳道，致使禪學大興，士大夫和普通百姓皆十分擁護佛教。

　　到了高宗時代，皇帝恐怕契丹人入侵，借佛法驅敵，命人木刻全套中文《大藏經》，廣傳佛教。這套木刻近日被發掘出土，萬多塊工整的木刻完好無缺，刻工登峰造極，南韓人視之為國寶。

敗國詩相

　　高宗當政的數十年間，大興文教，國府設有國師和王

師，同時推動禪學教學。可惜，丞相李奎極耽溺詩酒，行為放曠不檢，結果敗了國家。

敗國是一回事，興詩是另一回事。李奎極勤讀《楞伽》，好作禪詩，遺下的詩卷洋洋大觀，成為韓國文學的重要部份。試看：

儒書老可罷　　還就首楞王
夜臥猶能誦　　衾中亦道場

李奎極亦熟讀老莊哲學，對於夢的研究苦下工夫。加上他修備小乘空觀，很多時寫空觀詩來解脫個人煩惱：

造物弄人如弄幻　　達人觀幻似觀身
人生幻代同為一　　畢竟誰真誰匪真

禪詩高麗化

佛教傳入中國，本地化成為禪宗，自然通過文化往來傳入朝鮮。我們今天研究禪的發展，發覺朝鮮不但是禪從中國傳到日本的中介，她根本就是一個佛理興旺的中心地。朝鮮和尚以詩弘佛的傳統很為深厚。

惠文和慧諶是貫通禪與詩的兩位詩僧。惠文是李奎極的好朋友，三十多歲方落髮皈依。他為人豁達，不拘小節，時常四出跟同道過從，賦詩飲酒。這種性格，和他那些清逸的禪詩，為他贏得「月松和尚」的美名。這一首《題普賢寺》不提普賢，祇言一夜清談值萬金的經驗：

爐火煙中演梵音　　寂寥生白室沉沉
路長門外人南北　　松老岩邊月古今
空院曉風饒鐸舌　　小庭秋露敗蕉心
我來寄傲高僧榻　　一夜清談值萬金

夢佛治病

慧諶早年喪父，母親出家，他乞求入寺，母親卻勸他讀書業儒。後來，他舉司馬試入第，並於同年入太學。一天，貴為太子老師的他，聽到母親病危，即時趕快回鄉侍候。就在當天，他母親夢見諸佛菩薩出現在她的周圍，醒來病便痊癒了。

慧諶聽見母親的故事後，即去曹溪山拜見創辦「修禪社」的智訥大師，請求他替自己剃度，決心苦參佛道佛心。據說，慧諶學佛的時候，「坐一磐石晝夜習定，每至五更，喝偈共勵，聞十許里」。甚至在雪封的冬天，積雪沒頂，他仍然堅持靜坐不動。後來，他承繼師業，成為修禪社的二祖，創作《禪門拈頌》，遺下兩卷詩集。

二十世紀八十年代，我曾與釜山的曹溪宗李谷茵大師過往頗勤，於1985年與他結伴同遊東北地方很多寺廟。他常常自稱「小衲」，吃飯時不另外叫齋菜，喜歡用筷子在我們的菜盤中撥開魚肉，吃同煮的豆腐蔬菜。他那時主持編印韓文的《曹溪宗全集》，不時向我介紹慧諶的詩。

事佛報恩

我喜歡慧諶的詩，因為它表現出詩人的才思縱橫和知恩必報之心。他的創作力甚為旺盛，例如，他有六箴之偈，以眼、耳、鼻、舌、身、意為題，很是活潑幽默。有一次，他去億寶寺白雲庵謁見智訥禪師，剛入山門，便聽見後者在庵內呼喚侍者之聲。於是他便作偈：

> 呼完響落松羅霧　煮茗香傳石徑風
> 才入白雲山下路　已參庵內老師翁

入寺後，他依禮參拜智訥，呈上他帶來的偈。臨別，智

訥把手中用着的扇送給他。他謝接後再呈一偈，機智與幽默兼收：

　　　　扇在師翁手裡　　今來弟子掌中
　　　　扇遇熱忙狂走　　不妨打起清風

美新詩派的根

詩靈闖新大陸

　　二十世紀初，中國古詩成為美國意象派詩人的靈感泉源。當時的美國文壇十分時尚創新，年青的一輩厭倦那來自英倫的影響，渴望在新大陸打開新局面，自創一格。意象派由是應運而生。

　　意象是中國傳統文藝理論的一個概念。《文心雕龍》載：「獨照之匠，窺意象而運斤」，說明意象是意念中的形象。其實，意象是詩人借助客觀物象表現出來的主觀情意，其中有詩人審美的淘洗、情感的沾染和化合，使之符合理想人格的創造。這種創造既自由又主觀，對於新大陸的青年詩人很有刺激力。龐德（Ezra Pound）和洛威爾（Amy Lowell）是意象派的開創者，又是介紹中國古詩的先鋒。

時間乘羽飛

　　龐德於1915年翻譯出版了中國古詩《神州集》。再過五年，洛威爾與人合作翻譯了一百五十首中國古詩，以《松花箋》命名出版。兩書都轟動了美國整個文藝圈。龐德又提出了「象形字法」的發見，指出漢字的每一個字都由意象組織構想。所以，他翻譯中國文學，就依據這種組合方式來展示

意象。例如，他翻譯《論語》的「學而時習之，不亦說乎？」把習字拆成白和羽兩部份，譯為：「學習，時間讓白色的翅帶走了，這不是讓人高興的事嗎？」

　　在創作方面，意象派詩做了大膽的藝術嘗試，把中國文字的結構和意象聯結起來，創立一種詩的新形式，同時亦打開了巧妙又意境無窮的新景象。

意象新生

　　中國古詩慣於排列一些用來表示具體事物的名詞，很少用聯結詞或方位詞把它們串在一起。美國意象派詩人看上了這一特點，做了一些脫節的翻譯，突出孤立的意象。李白有詩句「驚沙亂海日」，龐德便把它譯為：

　　　　驚奇
　　　　沙漠的混亂
　　　　大海的太陽

　　這不是「無厘頭」的故意搞亂，而是一種大膽的嘗試。它使意象派詩人拓闊眼界，創造出一種新詩體裁。威廉斯（G. Williams）的《槐花盛開》是這種新詩體的典型。詩人運用斷句法拆開詩句，然後把字詞排置起來，製造特殊意象：

　　　　就在　　那些　　翠綠
　　　　堅硬　　古老　　明亮
　　　　折斷的　　樹枝　　中間
　　　　白色　　芳香的　　五月
　　　　回來吧

　　這與中國詩人馬致遠的《天淨沙•秋思》是十分相似的：

枯藤老樹昏鴉
小橋流水人家
古道西風瘦馬

龐德也有用相同形式寫出來的新意境詩：

雨　空曠的河　一個旅人
……
秋月　山臨湖而起

詩短意長

新詩的體裁和創作手法，給二、三十年代的美國文壇注入強心劑，使之蓬勃活躍，放出燦爛光華。龐德於1911年某日站在巴黎地下鐵路，猛然閃出一個念頭，把當時所見所思，寫成詩句。他始初寫下三十行，半年後改成十五行，一年後改為二行，題名《地鐵月台》：

人群中幽靈般的臉面
潮濕的黑枝條上的花瓣

兩句簡單的詩，把他所瞥見的一幕，記得鮮明，刻畫出都市人們那千體一面的無表情的形態，簡煉凝縮，成為意象派詩的佳作。把原作三十行的詩濃縮成二行，詩就是如此精煉的結晶。

洛威爾寫《日記》，着重中國詩意象的描繪，和西方詩對理性的坦露，創出美國詩的東方魅力：

狂風搖撼樹枝
銀燈在綠葉間顛蕩不定
老人低回追尋
年輕時愛情的夢影

　　中國古詩給出的靈感，揉合美國詩人的創作，結出美麗的花，實是國際文化交流的好榜樣。今天，有不少美國學者研究漢學，企求從中尋得智慧和生命旨趣，紓解美國人所受的心理壓力和困局。

美國詩人愛中國

大眾詩人

古今中外，文人、詩人、藝術家之受人誤會或讚賞，是一回既是偶然又非偶然的事，知者見怪不怪。

在中國古時的眾多名詩人中，於二十世紀五、六十年代受美國知識界捧為英雄智者的，是不很為中國文學史重視的寒山子。美國詩人加利・史耐德（Gary Snyder）譯的《寒山詩》的前言說得生動：「在今天美國的窮街陋巷裡、果樹園裡，無業遊民的營地上，或伐木場上，你時時會和寒山詩撞個滿懷。」

寒山是唐代玄宗開元盛世時期的一位詩僧，活了一百多歲，寫了約六百首詩，留下的三百一十四首，大部份收錄在《全唐詩》中。由於他用意用字都簡易而坦率，所以「五四」前後的白話文運動很看重他的作品，胡適的《白話文學史》，和鄭振鐸的《中國俗文學史》，均有介紹。

我何難求

寒山子一生追求「我」和「理想人生」，走過迂迴、大膽、孤寂的路；從儒生到道士到佛徒。最後，他找到了自己。他遺留下來的詩，一般人稱為禪詩。其實，禪以外，是寒山。

　　寒山善用比喻寫詩，古樸自然，童心畢露，所以容易贏得美國人的喜愛。他為人孤靜，以「人不犯我、我不犯人」的態度自持。所以，他這樣品評自己的詩：

<blockquote>
下愚讀我詩　不解卻嗤誚
中庸讀我詩　思發云甚要
上賢讀我詩　把着滿面笑
楊修見少婦　一覽便知妙
</blockquote>

生死如冰

　　寒山才華四溢，能文善武，卻仕途失意。於是，他三十歲便隱居起來讀書和寫作。他十分仰慕天台山上的國清寺，銳意到寺清修學習。可惜，入了國清寺以後，他受盡僧友的厭惡，遭到趕、罵、打的虐待。幸而，寺中的豐干和尚和拾得大師賞識他，三人相交甚篤，被稱為「天台三聖」。《佛祖統記》有云：「豐干彌陀化現，寒山文殊化現，拾得普賢化現」，評價再高不過了。

　　西方學者千多年來研究人的心與身、靈魂與肉體的關係，沒有定論。然而，寒山領悟生死、有身與無身，十分透徹：

<blockquote>
欲識生死譬　且將冰水比
水結即成冰　冰消返成水
已死必有生　出生還復死
冰水不相傷　生死還雙美
</blockquote>

我心掛青天

　　我喜歡寒山的《眾星羅列》，它以澄碧明月的景觀，表現月夜光華靜潔的境界，以示禪人空明之心：

眾裡羅列夜明深　嚴點孤燈月未沉
圓滿光華不磨鏡　掛在青天是我心

此心若鏡

　　拾得是寒山的師兄和保護人，二人的詩譽相等。在二十
世紀六、七十年代，加拿大的滿地可大學的法裔高級知識份
子很仰暮拾得，嫌寒山的詩偏於通俗，藝術性不比拾得。試
看下詩，拾得用冷月、片雲、重山、澄水比喻人性的純潔，
媲美大自然最明淨的東西，所以人性即為佛性。因此，他主
張人們為求解脫煩惱，不必外求，最好是維持自己那份好像
明鏡一樣淨徹的心：

《松月冷颼》

松月冷颼颼　片片雲霞起
匼匝幾重山　縱目千萬里
溪潭水澄澄　徹底鏡相似
可貴靈台物　七寶莫能比

小學生唱William Tell

名曲故事

　　由羅西尼（Rossini）作的《威廉‧特爾》（William Tell）是眾所熟悉的樂曲，香港的小學課本也有講及特爾的故事。

　　威廉•特爾的英雄事跡最初為德國詩人、劇作家席勒（Friedrich Schiller）以戲劇的形式公諸於世。特爾是十四世紀瑞士的一個農民，他是一名神箭手，同時又是一位以勇敢著稱的傳奇人物，被瑞士人捧為英雄。

神箭射手

　　當時的瑞士由奧地利的哈普斯堡家族統治，總督極為殘暴，引起人民普遍不滿。威廉•特爾反抗暴政，遭到政府軍的逮捕，他後來逃脫了監牢，用箭射死了總督，解放了瑞士，使成為一個獨立的國家。

　　在他坐牢的時候，殘惡的總督把特爾疼愛的兒子綑縛在一棵樹前，在他頭頂放上一個蘋果，然後迫特爾用箭去射掉蘋果。他照辦了。然後，他用餘下的一枝箭射死總督。這故事由席勒的健筆喧染成為舉世聞名的動人戲劇，使人相信惡有惡報的公理。

愛國勇士

　　威廉‧特爾不但生活得出色，他的死也是可歌可泣的。為了紀念他的英雄事跡，十九世紀、瑞士詩人阿爾庫斯在其詩作《特爾之死》中這樣寫道：

> 人群跪在河岸　面向蒼天
> 心手朝向前方顫聲喊道
> 難道沒有勇者出來
> 從咆吼的河水中
> 救出這個幼弱的男孩嗎
> ……
> 八十歲的特爾挺身而出
> 怎能坐着乾聽危急的呼喊
> 他以絕大的勇氣投向激流
> 揮動雙手在狂濤中前進
> ……
> 他緊抓住男孩　動作出色
> 但他感到　手臂已經用盡最後的力量
> 他以微笑望着故鄉的土地
> 河水靜靜地帶走了他的屍體
> ……
> 特爾死了　勇者死了
> 在他的胸中　心臟曾經強烈跳動
> 為了摒棄虛假　為了一切的美
> 為了一切偉大的事物而跳動

崇高人格

　　人的死有輕於鴻毛，也有重於泰山，視乎人在生活中怎

樣處理自己和他人的關係。不是每個人都有機會投入急流中捨身救國的,但是,每個人都有機會本着良知做人。

席勒的摯友歌德曾用詩這樣寫過做人的崇高品格:

> 一個人在接受一切人生考驗中
> 克服最大困難和征服自己之時
> 我們主動向世人展示他的行徑
> 可以這樣宣稱
> 這就是人的骨氣

不論何人,在面對死亡的一刻,生命上的任何財富與名譽均沒有意義了。即令這樣,有些人可以發揮無限勇氣,含笑而終。另一些人卻仍然要使出卑鄙醜惡的手段,即使僅有殘弱的聲音,還要傷害他人。這是人心難測的一面,也是人的自由選擇。

一個人在別人面前表現出謙謙君子的樣子並不困難,困難的是對自己忠實,抱着恆定的仁善之心去待人接物。這樣,到了死亡將至的時刻,他可以本着安泰和平之心,迎接新的不知。這就是壯烈的死亡。

俄國詩的泥土

大眾詩人

提起亞歷山大・塞爾蓋耶維茲・普希金（Alexander Pushkin），任何俄國人都會肅然起敬，帶着一種奇特的愛護混雜着驕傲的感情向你喋喋不休地講個半天。我到莫斯科訪問的時候，社會科學院的每一次宴請，總會有人朗誦幾句普希金的詩，是那麼自然，帶着美和浪漫。

詩人祇活了短短三十八年，而且不是十分愉快，卻給人類留下八百多首詩。他生於貴族之家，卻受到啟蒙思想和十二月黨人革命思潮的影響，反對專制暴政，歌頌自由。他被長久放逐了，在那種苦難的生活中，他接觸到土地和純樸的農民，同情他們，對當時俄國的上流社會表示強烈的憤懑，寫下長詩《茨岡》。

俗習與自由

俄國人之所以如此普遍地熱愛普希金和他的詩，是因為他把民間傳統揉入詩中，以無盡的愛國情懷作為創作的甘泉，用唯美浪漫的筆觸寫下俄國的一切，包括他心愛的保姆Amina Rodionova。他的詩體小說《葉甫蓋尼•奧涅金》（Eugene Oregin）是俄國家傳戶曉的。

普希金甫入青年期就以極大的仇恨譴責暴君和上流社會

的一切，歌頌自由，寫成抒情的政治詩集《頌自由》（Ode
to　Liberty）。然而，仇恨不是孕育自由的心田，它帶來的
祇是憤怒和怨恨，不是自由所寄望的歡樂。我們今天讀青年
普希金的關於自由的詩，總嫌它的激情染上過份的戰鬥。請
看：

《頌自由》

> 我憎恨你　憎恨你的寶座
> 專制的暴君和惡魔
> 我帶着殘忍的高興看着
> 你們的覆滅　你子孫的滅亡

《奧多郁夫斯基和普希金的詩》

> 我們以自己的遭遇為驕傲
> 我們在牢獄的鐵窗裡面
> 心底裡把沙皇們嘲笑

詩人相當自負，他在年青時堅信自己可以憑着熱情和
詩改變世界，為祖國建起千秋自由。這是他在《播種者》的
話：

> 我是荒原上自由底播種者
> 早在晨星出來前我就操作
> 我把富有生命的自由之神
> 以潔淨而無罪的手散播
> 在奴隸所耕耘的田壘中

芬芳的泥土

為了歌頌自由，普希金以四分之一的生命獻給流放和幽
禁。但是，在實際生活和思想裡，他都以無限的熱誠和愛對

待人生和他的祖國。他寫給托爾斯泰的信提到：「我幻想，我已看到你們了，就在那⋯⋯愛情和自由詩神的避難港⋯⋯我們嚐到了友誼的幸福。」

在流放中，普希金掙脫了他原來貴族的生活，變得非常現實。十九世紀的歐洲藉工業逐漸取代農業之際，知識份子對於大自然的粗獷的美異常留戀，都盼望回到泥土中。普希金的抒情詩反映出這種情懷：

> 莊稼漢和牧童從幼年起
> 看看天空看看西方的烏雲
> 就能預測晴天或者刮風
> 預測是否有五月的雨水滋潤田野
> 是否有早寒使葡萄遭殃

愛情的諷刺

三十二歲那年，普希金愛上了十九歲的娜尼・岡塞洛娃，不久就結為夫妻。從此，他開始不愉快的生活。他最後為她與一位法國情敵決鬥而送命，終結了原是十分燦爛的生命。不過，他是相信生命的人，尤其是他自己的生命。在《紀念碑》一詩中，他寫道：

> 我的名聲將傳遍整個偉大的俄羅斯
> 它的一切語言都講着我的名字
> 無論是驕傲的斯拉夫人的子孫
> 或是芬蘭人

還有那他生前寫下的刻在《我的墓銘》的幽默：

> 這兒埋下普希金　他一生快樂
> 盡伴着年輕的繆斯　慵懶和愛神
> 他沒有做過好事　但老實說

　　　　他從心裡卻是個好人

　　普希金在生命最旺盛的時刻死在情敵的手上，對愛和自
由都留下莫大的諷刺。

推薦閱讀：哈佛校長講通識教育

　　溫家寶最近訪歐前後做了許多工夫，寄望可以說服歐盟解除對中國的售武禁運。結果，在形勢似乎很好的情況下，歐盟議決不予解除。對此，溫總理失望之餘，公開表示不明白歐洲，歐洲人亦不明白中國。

總理的疑惑

　　溫總理的思維十分清晰。他對華僑講話說：「我告訴他們（歐洲決策人），我們這麼一個飽受列強欺凌一百多年的國家，忙於給十三億人民提供溫飽，不曾侵略過別國一寸土地……我們勤於和平建設，為何仍要受到不平等待遇和不公平的指責？」

　　於是，他感慨地總結：看來我們更要好好建國，一個強健的國家不會受到歧視。這是科學的結論。

「中國人明白自己嗎？」

　　總理的感受很是真誠，許多人看了不免感動和感激。他的分析亦合情合理。然而，互相明白是一件複雜的事情，牽涉到兩方的意願，多方的利益，更多層次的理解及信息掌握，以及長時間文化傳統的交往。

　　今天的歐盟由十數國家民族組成，牽涉的宗教、文化、語文及傳統背景就更為多元了。所以，要了解她，談何容易？況且，中國憑着甚麼去明白歐洲呢？曾經做過甚麼工

作？今後將做些甚麼努力呢？如果說，依靠幾位領袖的到訪或承諾就可以贏得歐盟的決議，那不嫌過分簡單嗎？如果說，憑着幾張龐大的定單和更大的潛在市場就取得歐洲人的擁護，那就欠缺政治智慧了。

在民主開放社會裡，一個國家的決定就夠複雜了，多個國家聯合起來議決，其過程就不只是預算選票走勢，而且牽涉到民情的運作。我們對於歐洲人怎樣明白或同情中國知道多少？

反過來看，我們中國人明自自己嗎？我們誰都不能肯定知道，但是我們可以而且必須反問，對於上述的溫總理的感受和推理、感慨和言志，十三億人民之中有多少人關心與神入？

勞力士與勸捐助學

近年，中國以各種媒介傳給外國的信息並不統一，而是矛盾和混亂的。我們歷經二十年的持續經濟增長，一間商店可以在一天賣出十五個勞力士手表，劇院的票價二千元一張。但是，我們又以高姿態向世人勸捐，圖文並茂地說明我們的孩子們沒有學校、書桌、課本、正常的營養。

總理提起十三億人民的溫飽問題即緊鎖眉頭，神色凝重。假如我們客觀地從歷史攝取教訓，難道一個自認持着優勢制度的社會掙扎了半個世紀仍不免落後貧窮，豈是歷史的正常過程？知錯能改是人類的金科玉律。我們今天搬出「人多好辦事」的愚昧所造成的後果當作有理的困難，博他人同情，叫人怎生明白？

總理提出建國決心，神態凜然，使人肅然起敬。教育是國家的上層建築，我們寄望中國今後真的在這方面多做工夫，做好工夫。若然，則不出十年，我們有能力明白世界任何國家了。

通識教育風漸盛

一個國家的教育不獨發生在學校，而是從家庭做起，到社會，備受輿論、生活模式、領導思想及流行趨向所營造。

新中國立國之初，小學生掀起一陣「不愛爸媽，只愛國家」的風潮，全國人民嫌棄了「封建」的家庭思想。半個世紀以後，又見到尊敬的鄧小平先生的「愛家」短片，享受四代同堂的家庭之樂。不知我們今後的教育宗旨，是否要教人承先啟後，從個人修身開始，以及「推己及人」和「己欲達達人」？若然，則應該於國家的教育宗旨文件上寫明。

一九一九年五四運動以來，中國的知識界一般奉信科學神，用科學名詞做靈符，貶一切不屬科學的東西為偽造或迷信。後來，唯物主義抬頭，否決唯心主義旗下有任何東西可以存在。於是，在科學靈符的面前，一切不科學的東西都必須被打倒，包括古人的智慧和文化建構。韓戰爆發以後，心理學變為「白旗」，被從根拔起，直至八十年代中方被平反。心理學以研究人的意識為主，意識產生「自我」觀念。如果我們否定意識的主觀性，人復存在嗎？

因為整個知識界習慣以科學等同真理，所以，中國領導人的演辭每數句說話便套上科學一詞，好像這樣便一切都真實有理。在聽眾這一邊，用着同樣的判斷標準或習慣，凡是聽到科學便點頭，每聽到非科學便搖頭。

如今，香港教育當局興起一場通識教育潮，好像掛上這個招牌，教育便立即變為優質，考試全部得零分的學子，只要受過通識教育洗禮，即可應付廿一世紀世界的無限變數而取勝。

我想起年前參加哈佛大學的畢業典禮，聽當時的校長魯丹斯町（Neil Rudenstine）演講，印象深刻，可以借來解釋知識之道，各類學科的互連性和獨立重要性，人文學科和藝術怎樣教人全面思維。

　　魯丹斯町曾經是一位傑出教師，所以他的講話選用事例作鋪排，解釋深入淺出，鮮用含糊的名詞或口號，多用據實的經驗。他指出「科學不善溝通」、「人文學科與藝術方能解釋人的大小事情」的事實，並建議國際之間各方放下執見，用尊重他人的傳統和價值來求取互知互信，衷誠合作。

　　這些道理正是中國要與歐洲求得互相明白及平等合作所可以借鏡的，所以，我於此節譯演辭的大部分，提供參考。

哈佛校長講通識教育

　　去年秋天閉幕的巴克人文學科研究中心（Barker Center for the Humanities）標誌哈佛大學智力歷史的里程碑。她第一次群集本校的人文學科學者於一堂，宣述人文學科是我們智力生活不可缺少的主體。

　　今天，我榮幸地與大家分享我的認識，跟大家說說人文學科與其他學科的密切關係。不因為它們在教育中佔着重要地位，而因為它們是健康社會的基礎。

　　無疑，人文學科與藝術不是井然有序的東西。它們範圍廣闊，包括一切為人們共知的宗教、哲學、語文、文學、歷史、文化以及花樣百出的音樂、戲劇和視覺藝術。這些學問所提供的知識不受客觀的度量或檢證，不像數學、經濟模式或樹型決策運作那樣。比較起來，人文學科與藝術借重經驗的多元範型、結構和變化而發展，不可證實，也不可預計。這些學問選擇用可聽的、可見的、可能知的經驗而登升。當我們閱讀《安娜·卡列蓮娜》，或欣賞《黑將軍歌劇》，或朗誦濟慈的詩歌之時，我們知道，自己正在經歷人類的精闢經驗實例。

　　學習人文學科與藝術的目的是要從他人的經驗火花中尋找智慧。憑着敏銳或僥倖，我們可能逐級而上，學識怎樣去見識一些事件或情景的潛在意義：與他人產生合拍，

體會到他們生活中的細緻色彩，其中的變化、人的性格；更有效地衡量一些價值觀念；更細心地判斷是非好壞；從而變得有效地、寬容地、明智地待人接物，調節自己的行為。

　　不久以前，本校的偉大進化生物學家厄因斯特•梅爾向我們講解學科之間的相連關係，他說：生物學的未來進步有賴與人文學科及其他學科建立合作關係。生物學家需要對生命的複雜過程做定義和闡釋。這些過程包括發展、識知、進化、溝通、學習、領域性，甚至利他主義。其答案深藏在人文學科，一如社會學科和自然學科裡，而且牽涉到對動物與人類生活的研究。實在，為求解釋使人信服，為求觀察入微，為求概念得到磨練，只有人文學科的貢獻可能幫助生物學求得進步。現成的知識概念，如因果關係、行為執着、時間、空間或維度，都不是科學生物學所可以單獨說清的。

　　同樣，科學和社會科學亦影響着人文學科和藝術的發展。特別自從十七世紀以來，達爾文的理論衝擊傳統宗教信仰、形上學和哲學……以及推理、幻想、記憶力量，合起來產生「自我」的觀念。雖然說知識的總體不構成一個統一的體系，但是各種知識的「互連性」卻是十分明顯的。這個互連性是平等的，沒有一種知識比另一種更為重要。在我們考究人類生命的本質和意義的時候，人文學科或科學或社會科學都不能獨善其身，或獨佔優勢。

　　哈佛的「心智、大腦與行為的跨學院教研方案」最能顯示學科間的互連性和合作趨向。這方案把所有學院和學系連在一起，讓神經科學家、社會學家和生物學家的研究成果互相交切，並深入認識法律學者、商業學者、文學家、哲學家和心理學家對同樣課題的看法。

　　目前，科技工具已經容許科學家準確地觀察大腦的活動，以及圖解細胞之間的信號運動。然而，化學信號究竟怎

樣轉變為人的情緒、思維或情感，卻不為神經科學所知。科學更無法幫助我們了解一個由化學、物理和生物構成的大腦怎樣產生心智作用。

科學無法示範心智的運作，因為我們既無法觀察它，亦無法用科學語言描繪它。然而，我們知道，唯獨心智具有意識，由意識產生「自我」觀念。這觀念於歷史中維持個人身分、推理能力、自由選擇的意志，以及開發文化的權能。這些全都發生於人文學科和藝術的探索與敘事之中。

作家亨里·詹姆斯（Henry James）曾經說明他自己怎樣向經驗學習，怎樣寫作經驗，又怎樣培養心智，提高心智能力。他說：「一種高漲的意識，靈敏而充滿幻想，蓄存着知覺和印象，經過過濾、定名、組織和準確地寫下，轉變為意義。」

詹姆斯讓我們窺見經驗的內心生活，知道意識是可以調節和動員的，知道我們可以學得明見，進而迎接啟示。換言之，這些歷程迫使我們正視心智自強不息的事實。

最後，我想扼要地提出，人文學科今天所擔負的重要責任，即是它對民主社會和國際合作所可以又必須作出的貢獻。如果說，人文學科這塊寬闊的場地容許任何的經驗正面接觸和衍生、過濾和評價，讓人們為了生存而甘心調適各自的價值信念，那麼，請大家緊緊記住，同是這塊場地亦出現不同價值觀念的衝撞或衝突，有時友善地，有時辛辣地，更多時候以悲劇收場。

簡單提醒大家，那許多於上世紀中爆發過的國際間、宗教間、人種間及民族間的衝突和戰爭，它們有些已經獲得平息，有些於此時刻仍然進行鬥爭。

針對這些紛爭和衝突，人文學科可以發揮力量；不為強調保存信仰或承諾的重要，而是提醒人們關於人的局限和可誤性。人文學科可以幫人們針對一些不顯眼又不可缺少的價值；培養知識與尊敬，如容忍、節制、妥協。學習人文學

科可以幫我們養成隨時質疑自己的習慣，接受人皆有錯的事實。

艾塞亞‧貝寧（Isaiah Berlin）於他的傑作《人類仁心的彎曲才能》清楚地表述了他的希望，儘管我們無法避免價值之間的衝撞，我們可以緩和衝突的發生。他說：「公共事務的首要任務是防止極端的災難。人們於矛盾而危急的情景中或許需要發起革命、戰爭、暗殺，或採用極端手段。然而，歷史教訓說明，這些措施所引申的結果很少符合預料，更從不保證，甚或以高機率說明，它們可以引致改進……如是，我們必須從事溝通和交換，當遇到特殊的情況，在法則、原則和價值觀的面前作出退讓。一般說，我們最好做到合作，努力維持一種彼此合意的平衡，致使矛盾和危急的情況不會發生，互不容忍的矛盾亦不會出現——這是文明社會所必具的基本條件。」

貝寧以人文學者為首任，以哲學家為次。他明白，強烈的信念往往給價值觀念賦上意義表述。然而，他又深知，若然強烈信念受到無制約的暴行所推動，它可以毀滅價值本身。

可惜沒有容易的方法把這些智慧普遍地傳遍天下。但是，這些智慧正是人文學科可以灌注人心的地方，叫它尊重人權和價值。在如今急劇變化的時候，我們擔心這種智慧是否可以長遠地留存下去。但是，假如沒有仁者去表述他們的真知灼見，那麼可以肯定，人類將沒有機會達成生命的幽深目的，求同存異，和衷共濟。

過去與未來

一七三五年，耶穌會教士杜赫德首次在巴黎出版元雜劇《趙氏孤兒》的法文譯本。二十年後，被稱為「法國大革命之父」的伏爾泰改編的《中國孤兒》在巴黎上演，即時引起

強烈的反響。歐洲人從走出黑暗時代、膽敢獨立思想以來，第一次看到中國文明可以沒有上帝的道德規戒而產生仁義，本着人自己創造出來的倫理價值揚善懲惡，捨生取義。於是，不少啟蒙思想家紛紛學習和討論中華文化，像歌德便被譽為「魏瑪的孔夫子」，練習書法、寫中文詩。

啟蒙思想讓西方看見教育的重要，人們復古，從希臘的傳統尋得博雅教育的內容，教人思考，認識自己的個性和社會性，人與大自然的關係，人類文明的承先啟後的連續性，以及生命的世俗和信仰意義。在人類進入「現代」至今的數百年間，隨着教育普及和工業、社會進步，博雅教育被改稱為通識教育，學校課程內容多次更改，其基本精神屹立不移。

通識教育的建築基石是語文和傳統。前者表現在一個民族的詩歌和文學；後者反映在民族的精神、哲學、價值觀念、習俗，以及一切生活實踐的創造之內，其中科學是一環。我們可以從魯丹斯町的演講看見西方怎樣把他們的語文與傳統編入教育內容，建設人心。我們在香港或中國本土推行通識教育，除了借用少數外國教材，最重要而亟需做的是，着重有效地教學生學好自己的文字和傳統。為此，我們的學校和老師，任重道遠，先要認識中華文化，然後在一切言表中反映熱愛祖宗給我們遺留下來的智慧。

原刊於《星島日報》，2004年12月22日，個別文字作了修訂。

作者自述

　　江紹倫，1934年出生於香港，父親江瑞英與賴際熙太史等在1923年創辦學海書樓，並曾任保良局、廣華醫院總理，造福大眾。1946年終於原鄉觀瀾，是客家人。

　　1941年末，日軍侵佔香港。六天後，表舅父冒險來港帶我步行回鄉，沿途親見逃難的悲慘，戰爭的罪惡。隨後五年，親經農村大地純樸而自強的農家生活，認識仁義勤儉忠信的智慧，所以熱愛鄉土。

　　1947年，家鄉進入無政府狀況，人命不保。我返回香港由長兄主持的家，開始接受正規教育。

　　1955年，我從羅富國師範學院畢業，在官校任教三年，曾出版《教學淺得》。

　　1958年，我入讀加拿大渥太華教育及心理學院，1961年獲哲學博士。

　　1961-62年，任南洋大學副教授，培養了81位專才，成為新加坡教育發展的主將。

　　1963-67年，那是太空時代和冷戰之始，美國立法確定教育為國防任務。教育研究興起，我出任多倫多市教育研究及學校心理輔導所主任，運用科學方法和心理知識促成創新，期間主理57項研究，創立社區學院，發表了76份報告，並預告科技時代的來臨。　。

　　1968年，受聘為多倫多大學教育學院教授，任教27年至1995年提早退休。期內曾當選為1986年優卓教授，退休後繼任Professor Emeritus。

　　上世紀七八十年代，中國歷經重大變動，轉折為改革開

放及香港主權回歸。期間我曾積極搭橋聯結中國與國際各國的合作關係，在1972至1975年間，與Chester Ronning 合作，共同推進中國與加拿大，美國和南韓的正常邦交。

1973年，應香港中文大學邀，借調回港建立教育研究院，推動香港延長免費教育至12年及學校用母語教學。

1974年春，帶領一群教授（包括高琨、賴恬昌等）和家人訪問中國，受教育部長安排，會見北京、南京、上海等停頓了的大學及領導人，如周培源、蘇步青、吳貽芳等。各人一致動員我為中國重開大學和促成教育現代化出謀獻策。我即時絡美國匹斯堡大學及多倫多大學探求合作。

1980年，我帶領38位美加教授訪問中國、日本和南韓，促進了解合作。

1983年，我帶領聯合國教育規劃所（IIEP）主任Louis Sylvan訪問北、太原、上海，促進中國建設全國性的成人教育體系，同時由中國派員到巴黎該所接受培訓。

教育以外，我於1979年始應谷牧和袁庚之邀，在蛇口建設改革開放基地，曾先後全國十多個城市培訓接軌國際的幹部。

1990年回港，任嶺南學院副校長，期間推動學院升格為大學以及推廣通識教育。

1994年獲中國任命為港事顧問，於1997年7月1日見證香港回歸。

總結我服務教育和社會開發事業的五十年間，曾服務主要的世界組織、幫助亞非拉新興國家現代化，出版論文和書籍宣揚中華文化，給當今動亂的時局提供可行智知，求同存異，互相禮敬。這些著作用中文和英文發表，內容有兒童文學、神話、散文和詩詞，數量不少。

為此，我獲得加拿大國家勳章（1979）及67項國際榮譽。篇幅所限，上述國地各種服務及成就約300項，不盡詳列。

後　記

我今天整理好本書的文章與讀者分享，喜見港人上下一心，積極重建一個和平穩健的社會，高貴人生。

香港是一個興旺的國際金融中心，其經商運作影響着環宇許多國家的福祉。香港具有特殊而多元的語文、文化和科技能力，足以駕馭最先進的機制和科技運作。中西文化在這裡匯聚，致使多數人可以通達中文和英文的日常運用，並利用連線連接世界各地的人和事。

本書的每一篇文章都以詩人日常生活為背景，講述他們怎樣簡單地愛惜、讚賞和提升人和環境的互相長久生存及發展，在實現人間真、善、美的成就中感到生命的意義和滿足。

再簡單地說，在做人的過程中對人對物「知己知彼」，並且互相接受和敬重，可以達成「皆大歡喜」的結果。

我在故紙堆中尋見一篇2004年底登在《星島日報》「教育評論」版的拙文。該文部份闡述通識教育的真義和重要性，同時引述哈佛大學校長魯丹斯町（Neil Rudenstine）在1999年畢業典禮中的講話（該話大部份載於本書的附錄）。他說「科學不善溝通，人文學科與藝術

方能解釋人的大小事情⋯⋯國際之間各方必須放下執見，用尊重他人的傳統和價值來求取互知和互信，衷誠合作。」

外國著名大學的校長都勇於承擔社會責任，並以教育學專業知識和抱負，領導教授和學生，提升社會進步。

我們香港共有大學正副校長五十多人，鮮有人發表教育學卓見，或評論年前發生的社會動亂和暴行，引導大學和社會健康前進。

大學的一個重大使命是培養各級學校校長和教師的專業智知和精神，高效能地做好樹人工作。今天，教育已是社會最大最重的企業，直接左右社會的正常發展。人民不惜對學校投入最大的資源，寄望教育增強人的幸福快樂。

當前社會飛速變化。我行文至此，驚悉「AI教父」辛頓（G. Hinton）宣稱他後悔自己的創發，恐惶人工智能機械腦已經有能力自我衍生，不受人們的控制。無人可以預料AI對世事的急速改變，是福是禍。

鑑此，我更相信人每一份子都需要惜己愛人，「修己以敬」，勤坐窗前讀詩安心。

江紹倫

2023年5月

本書由香港持恆基金贊助出版

讀詩安心明智

著　　　述：江紹倫

編輯出版：書作坊出版社

發　　　行：利源書報社
　　　　　　香港新界荃灣德士古道220號
　　　　　　荃灣工業中心16樓

出版日期：2024年6月初版

HK$ 80.00

Published & Printed in Hong Kong